KB266477

판다 할부지 강철원의
다정한 식물 수업

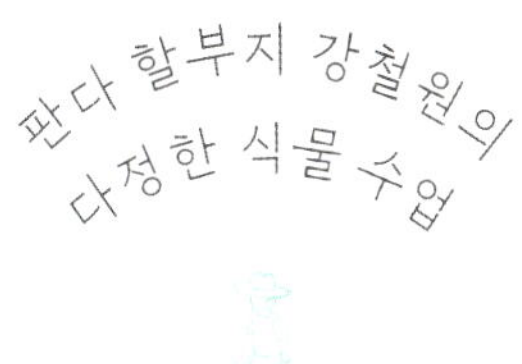

# 매일 아침
# 나는
# 텃밭에 간다

강철원 지음

힌스미디어

　　푸바오를 떠나보내며 울던 '할부지'의 눈물은, 단지 한 마리 동물을 향한 애정이 아니라 생명을 대하는 태도였습니다. 강철원 주키퍼의 다정함은 판다 곁에서만 멈추지 않고, 이제 텃밭으로 이어집니다. 동물을 보살피는 주키퍼가 식물 책을 쓴다는 말이 의외로 들릴지 모르지만, 이 책을 읽으면 곧 이해하게 됩니다. 결국 하나의 일, '돌보는 일'이기 때문입니다.

　　일하며 조경학을 공부하고, 매일 흙을 만지며 얻은 배움은 기술이 아니라 마음의 자세로 남았습니다. "알면 사랑한다"는 말처럼, 식물을 알아 갈수록 더 다정해졌다는 고백이 책 곳곳에 스며 있습니다.

　　세바시를 만드는 사람으로서 저는 믿습니다. 세상을 바꾸는 힘은 거대한 구호가 아니라, 오늘 한 생명을 함부로 대하지 않는 마음에서 시작된다는 걸요. 이 책은 그 다정함을 우리 손끝으로 옮겨 오게 하는, 가장 현실적인 '세상을 바꾸는 수업'입니다.

**구범준** (세상을바꾸는시간15분 대표PD)

*

　살아 있는 존재들에게는 하루하루가 벅찬 ‘성장’이라는 것. 어린 판다에게 세상을 가르쳐 주던 이에게는 텃밭의 식물들도 사랑으로 ‘북’을 얹고 그 속을 가만히 헤아리는 대상이라는 것. 사계절 ‘작은 텃밭’에 놀러 간 나는 강바오가 우리에게 전해 준 이 모든 것이 아직도 기적 같다.

**김금희**(소설가)


*


　이 책은 자연과 삶 그리고 가족에 대한 깊은 통찰과 따뜻한 애정으로 독자들에게 진한 감동과 영감을 선사합니다. 저자는 텃밭 가꾸기와 일상의 소소한 순간들을 섬세하게 포착하며, 주키퍼라는 본업과 마찬가지로 자연과 인간이 공존하는 의미를 깊이 성찰합니다. 가족과의 추억, 계절의 변화 속에서 발견하는 삶의 소중함을 통해 우리가 결코 잊어서는 안 될 가치들을 깨우쳐 줍니다. 이처럼 자연과 삶에 대한 사랑과 성찰이 진하게 녹아 있는 이 책은 누구에게나 위로와 희망의 메시지를 전할 것입니다.

저는 동물원에서 오랫동안 저자와 함께 주키퍼로 일하며 생명에 대한 존중과 자연의 흐름을 몸소 체험해 왔습니다. 사회 초년생 시절부터 선배님을 지켜보며 느낀 점은, 언제나 초연히 자신의 길을 당당히 걸으며 주변에 따뜻한 향기로 머무르는 분이라는 것입니다. 언젠가 선배님이 오랜 시간 자리를 비울 때 제가 그리움과 존경을 가득 담아 전했던 〈빈자리〉라는 제목의 시처럼, 선배님의 존재는 늘 그 자리에 있어 든든한 의미가 되어 줍니다. 이 책은 그런 선배님의 삶과 마음, 가족과 자연에 대한 깊은 애정을 독자들에게 진솔하게 전하고 있습니다.

자연과 일상 속에서 작은 행복과 의미를 찾는 모든 분께 이 책을 기쁜 마음으로 자신 있게 권합니다.

**송영관**(에버랜드 주키퍼)

*

강철원 프로님의 텃밭을 처음 찾았던 날을 또렷하게 기억합니다. 푸바오와 바오패밀리의 시간을 담은 영화 〈안녕, 할부지〉를 연출하며 저는 그의 텃밭을 여러 차례 방문했고, 그곳에서 흘러가는 하루의 시간을 가까이에서 기록할 수 있었습니다. 작물을 돌보는 손끝, 천천히 밭을 오가는 발걸음, 그리고 그 시간을 바라보는 사람의 고요한 눈빛 속에서 저는 한 사람이 살아온 시간의 결을 보았습니다. 그곳은 단순히 채소를 기르는 공간이 아니라 기억을 돌보고 삶을 다듬는 장소처럼 느껴졌습니다. 촬영을 위해 머물렀던 시간이었지만 카메라를 내려놓은 뒤에도 오래 마음에 남는 아름다운 감정이 제 안에 조용히 쌓여 갔습니다.

이 책은 바로 그 시간의 기록입니다. 텃밭을 가꾸는 기술이나 정보에 머무르지 않고, 한 사람이 살아오며 만난 가족과 동물들, 계절과 기억, 그리고 사랑과 상실의 순간들이 흙의 시간 위에 차곡차곡 담겨 있습니다. 옥수수 한 알과 감자 한 포기에도 어린 시절의 풍경이 스며 있고, 부추와 고추를 돌보는 일상 속에는 지금을 살아가는 마음의 태도가 고스란히 담겨 있습니다. 자연을 돌본다는 것은 결국 스스로를 돌보는 일이라는 사실을 이 책은 담담하고도 깊은 울림으로 전합니다.

텃밭에서의 시간은 특별한 사건 없이도 사람을 단단하게 만듭니다. 매일 같은 자리로 향하는 성실한 발걸음, 계절의 흐름을 온몸으로 받아들이는 태도, 그리고 그 속에서 조금씩 자라나는 마음. 이 책을 읽다 보면 우리 역시 각자의 자리에서 무엇을 심고 가꾸며 살아가고 있는지 조용히 돌아보게 됩니다. 그것이 실제 흙 위의 밭이든, 마음 한편의 작은 자리이든 말입니다.

《매일 아침 나는 텃밭에 간다》는 자연을 사랑하는 이들에게는 깊은 공감을, 바쁘게 살아가는 이들에게는 잠시 숨을 고를 수 있는 여백을 건넵니다. 그리고 무엇보다, 삶의 어느 계절에 서 있든 우리는 다시 무언가를 심고 가꾸며 살아갈 수 있다는 조용한 희망을 전합니다. 이 따뜻한 기록이 많은 이들의 마음속에 오래 남아 각자의 삶을 다시 돌보게 하는 작은 씨앗이 되기를 바랍니다.

**심형준**(영화 〈안녕, 할부지〉 연출감독)

# 산 밑 텃밭에서 꾸는 꿈

어릴 적 우리 집은 남의 땅 부쳐 먹던 가난한 집이었다. 마음만큼은 가난하지 않았다고 자부하지만, 어린 마음에 고생하시는 부모님이 늘 안타까웠다. 그런 우리에게 부모님은 "너희들은 농사짓지 말고 좀 편안한 일 찾아서 살면 좋겠다."는 말씀을 자주 하셨다. 그래서 농사보다는 목부가 되고 싶었다. 너른 들판에 소떼가 한가로이 풀을 뜯고, 이 모습을 언덕에서 말을 타고 바라보는 이미지가 어릴 적 나의 인생 목표였다. 그러면 목장을 꾸밀 땅이 있어야 할텐데 하는 생각을 청년기까지 품고 있었다. 지금은 동물원에서 많은 동물들을 만나고 함께하는 생활을 하며 어린 시절 목장 주인에 대한 꿈을 비슷하게 이루지 않았나 하는 생각이 든다. 그런데도 산골 가까운 곳에 조그만 전원주택과 정원을 가꿀 수 있는 내 땅이 있으면 좋겠다는 생각이 늘 마음 한쪽에 자리하고 있었다.

용인에 터를 잡고 바쁜 직장 생활을 하며 지내던 어느 날 작은 땅 하나 갖고 싶다는 생각이 또다시 스멀스멀 올라오기 시작했다. 하고 싶은 것이 생기면 참지 못하고 바로 행동으로 옮기는 나는 그 당시 함께 운동하던 용인 토박이 출신 친구를 붙들고 좋은 땅 좀 소개시켜 달라고 조르기도 하고 틈만 나면 부동산을 통해 열심히 마음에 드는 땅을 찾아다녔다. 하지만 집도, 땅도 다 주인이 있는 법인가 보다. 옆에서 아무리 좋은 땅이라고 설명을 늘어놓아도 내 귀에 꽂히지 않았다. 객관적으로 볼 때는 분명히 좋은 땅인데, 쉽사리 마음이 움직이지 않는 것이다.

처음에는 텃밭을 가꾸겠다는 생각이 별로 없었다. 그저 네 식구 오붓하게 살 수 있는 집터를 보고 싶었고, 조금 여유가 된다면 작은 정원 정도 가꾸고 싶다는 마음이었다. 그런데 그런 땅이 내 눈앞에 쉽게 나타나지 않았다. 아쉬움에 발길을 돌리던 경험을 몇 차례 하고 나서 거의 마음을 접을 때쯤 부동산 중개인이 툭 던지듯이 말했다.

"음, 땅이 하나 더 있긴 한데, 위치가 별로 안 좋아요. 산 밑이라 접근하기도 어렵고, 외진 곳이라서 그런지 나온 지 오래됐는데도 관심들이 없네요. 거기라도 한번 보실래요?"

나는 속는 셈 치고 가보자고 했고 비포장 소로를 한참 올라가니 정말 아담한 산으로 둘러싸인 땅이 내 눈앞에 펼쳐졌다. 그 순간 두 눈이 환해지는 느낌이 들었다. '그래, 내가 찾던 곳이 바로 이곳이야!' 그냥 보기만 해도 좋은 느낌이 밀려왔다. 아무도 관심 가져 주지 않고, 부동산 중개인도 의아해할 정도로 쓸모없어 보이는 땅이었다. 하지만 내 눈에는 마음속 고향 같았다. 여기에 집을 짓기는 어렵겠지만, 자유롭게 나만의 공간을 꾸밀 수 있는 곳으로 딱 알맞았다. 적당히 외져서 조용하고, 살짝 위쪽이라 반대편 산세가 훤히 내려다보였다. 이런 풍광을 어디서 볼 수 있겠는가. 잘 꾸미면 무릉도원이 따로 없겠다 싶었다.

나는 바로 이 땅을 계약하겠다고 했다. 이보다 훨씬 좋은 땅을 마다하며 발길을 돌렸던 내가 환한 미소로 계약하겠다고 하자, 부동산 중개인도 적잖이 당황한 듯 보였다. 다시 한번 생각해 보시라고 나를 설득까지 했다. 하지만 나는 이미 결심을 내린 상태였다. 내 마음속에 벌써 자리 잡은 이곳에서 나는 계획에도 없던 텃밭을 가꾸어 보기로 했다. 나에게는 든든한 조력자 어머니가 계셨고, 어린 시절 시골 마을에서 농사일을 도우며 몸으로 터득한 생생한 기억들이 있었다.

그러니 텃밭을 가꾸는 일에 큰 두려움이 없었다. 지금 생각하면 참으로 오만한 생각이었지만 말이다.

나는 텃밭에서 하고 싶은 걸 다 해보고 있다. 마음 넓은 자연은 부족한 인간의 시도와 도전을 말없이 받아 준다. 여기는 원하는 것을 무엇이든 해볼 수 있는 기회의 땅이다. 마음껏 펼쳐 보고 잘되지 않아도 허허허 웃으며 털고 일어날 수 있다. 욕심을 부리다가 끝내 마음을 비우고 자연에 순응하는 법을 작은 생명체들에게서 배운다. 텃밭을 찾으면 오늘은 또 어떤 일들이 나를 기다리고 있을까, 가슴이 설렌다. 내가 키우는 텃밭 식물들이 오히려 나를 키우는 느낌이다. 나를 나로 바라볼 수 있는 곳. 나의 모습을 비춰 주는 거울과도 같은 곳. 신나게 놀 수 있는 놀이터 같은 곳. 아내와 인생 후반전을 시작하는 희망의 장소이자 편안한 마음의 고향 같은 곳. 나에게 텃밭은 그런 곳이다.

2026년 3월

강철원

남천바오 할부지의
텃밭 전경

# 차례

# 1부

# 그리움에서 시작된 공간

# 보석 같은
# 옥수수 알

나만의 공간인 텃밭이 생기면서 가장 먼저 떠올린 작물은 '옥수수'였다. 어린 시절 구황 작물인 감자, 고구마는 질리도록 먹었지만, 옥수수는 여름철 특별 간식이자 별미로 나의 기억 속에 남아 있기 때문이다. 탱글탱글한 알들이 먹음직스럽게 속을 채워 갈 즈음 옥수수를 똑똑 따서 큰 솥에 수북하게 담고는 모락모락 쪄서 온 식구가 둘러앉아 먹었던 순간은 다섯 손가락 안에 들 정도로 행복한 기억이다. 갓 딴 옥수수를 찌는 동안만큼은 어머니도 활짝 웃으셨다. 어머니는 늘 자식들의 배를 부르게 해주지 못해 미안해하셨다. 그나마 옥수수를 한 솥 쪄 내면 육남매가 환호성을 지르며 찐 옥수수를 맛있게 먹었기에 옥수수는 한여름 저녁 웃음꽃이 만발하게 만드는 고마운 작물이었다.

나는 어릴 때부터 옥수수를 먹을 때 한 줄씩 떼어 한꺼번에 입에 넣고 오물오물 먹는 걸 좋아했다. 어머니와 큰 누님이 한 줄씩 따서 내 손 위에 올려 주면 나는 한입에 털어 꼭 꼭 씹어 먹었다. 옥수수를 모닥불에 구워 먹기도 했는데, 잠 깐 한눈팔면 태워 먹기 일쑤였다. 구운 옥수수 하나 먹고 나 면 입술이 까매지던 그 시절의 옥수수는 지금도 나를 웃음 짓게 한다. 딸들이 버터 발라 노릇하게 구워서 감칠맛 나는 시즈닝을 뿌려 준 옥수수도 맛있지만, 추억의 모닥불 옥수수 맛에는 어림도 없다. (미안하다, 딸들아.)

그 옥수수를 이제는 그 시절의 어머니보다 더 늙은 아들 이 자신의 텃밭에 심으려고 한다. 어린 시절의 추억이 주마 등처럼 스쳐 지나가고, 행복했던 기억만으로 옥수수 씨앗을 구해 왔는데, 지금껏 먹기만 했지, 어떻게 심고 키워야 하는 지 도통 아는 것이 없었다. 매일 어머니께 전화를 드리던 때 라, 더 이상 고민할 필요 없이 어머니께 이것저것을 여쭤 보 았다.

"어머니, 옥수수 씨앗은 얼마나 깊이 심어야 해요?"
"어머니, 한 구덩이에 몇 개씩 심으면 돼요?"
"어머니, 간격을 얼마나 띄워 심어야 해요?"

그렇게 꼬치꼬치 캐물어 가며 텃밭 가장자리로 옥수수를 쪼르르 심었다. 이후에 어머니는 시시때때로 옥수수 덧거름은 주었는지, 북(식물의 뿌리를 싸고 있는 흙)을 돋우었는지, 순은 쳐 주었는지를 확인하셨다. 우리는 서로 멀리 떨어져 있었지만, 텃밭의 옥수수는 어머니와 함께 키우는 것이나 다름없었다. 그해 옥수수 농사는 대성공이었다. 옥수수마다 알이 꽉 차고 맛이 제대로 든 것이다. 모두 어머니의 가르침 덕분이라고 하자, 어머니는 "네가 잘해서다!" 하시며 당신 일처럼 기뻐하셨다.

첫 옥수수를 따자마자 나는 의식처럼 옥수숫대의 단물을 쭈욱 빼 먹었다. 옥수숫대나 단수숫대는 시골 아이들에게는 매력적인 간식이었다. 옥수수나 수수를 모두 따고 나면 앞니를 이용해 옥수숫대 껍질을 벗겨 내고 속살을 씹을 때 단물이 빠져나와 마치 사탕수수를 먹는 것 같다. 마치 판다가 대나무 줄기를 까먹는 모양과 유사하다. 다만 판다는 줄기를 삼키고, 나는 옥수숫대의 단물만 빨아 먹고 줄기를 뱉어 내는 차이랄까? 옥수숫대의 단물 맛은 어린 시절이나 지금이나 변함이 없다. 여전히 질리지 않는 자연의 단맛. 아내에게도 옥수숫대를 맛보여 주니, 기대 이상인지 눈이 동그래진다.

　　　　　　　　　　　　　　

이제는 곁에 계시지 않는 어머니의 빈자리가 크게 느껴진다. 옥수수를 수확하면서는 더 그렇다. 그럴 때마다 나의 허전한 마음을 채워 주시는 분이 큰형수님이시다. 시동생인 내가 텃밭에 옥수수를 키우는 걸 아시면서도 꼭 초여름이 되면 그해 첫 수확한 옥수수를 보내 주신다.

내가 중학교 2학년 때 시집오신 큰형수님은 나를 끔찍이 챙기셨다. 등교하기 전 새벽에 밥 한 숟가락이라도 꼭 먹여 보내셨고, 늦게까지 학교에 남아 있는 날에는 도시락을 두 개씩 싸 주셨다. 고등학생 때는 학교 앞에서 자취를 했는데, 매주 겉절이김치를 가득 싸 주시기도 했다. 내가 결혼한 이후에는 김장김치를 해마다 보내 주시고, 이른 봄에는 고향의 참두릅을 정성스레 따서 보내 주시고, 가을에는 햅쌀을 도정해 보내 주신다. 한결같은 큰형수님의 마음에서 어머니의 마음을 느낀다.

첫 옥수수를 수확하고 나니, 문득 바오패밀리가 생각난다. 예전에 아이바오, 러바오, 푸바오에게 옥수숫대를 가져가 마주 앉아서 먹는 시범을 보여 준 적이 있었다. 판다가 대나무 줄기를 먹는 모습과 매우 비슷해서 그들도 금세 따라 하며 옥수숫대 껍질을 깠다. 그 모습이 얼마나 귀엽고 사랑스럽던지! 대나무와 맛 차이는 나겠지만, 자이언트판다가 옥수수밭 가까이에서 살았다면, 옥수숫대도 까먹지 않았을까 혼자 상상해 본다. 그 단맛에 반하지 않을 수가 없기 때문이다.

이제 농사 노하우를 자세히 알려 주는 어머니도 계시지 않고, 옥수숫대를 갖고 놀던 푸바오도 곁에 없다. 하지만 어머니와 푸바오를 향한 진한 그리움은 옥수수 한 알 한 알에 빼곡히 담겨 있다. 그 추억으로 영근 옥수수는 나의 영원한 특별 간식이 될 것이다.

옥수수는 양지바른 곳을 좋아하지만 햇볕을 차단해 다른 작물들이 자라지 못하게 한다. 그러므로 입지 선정에 신중해야 한다. 다른 작물의 뒤쪽에 심어 음지를 만들지 않게 해야 하고, 자랄 때 드러나는 줄기 뿌리가 흙 속에 들어갈 수 있도록 북을 주면 바람에도 옥수숫대가 쓰러지지 않고 좋은 결실을 맺을 수 있다.

# 번데기 대신
# 찐 감자



덩굴을 따라 뽀얀 감자가 흙 밖으로 딸려 나오는 경험을 해본 사람이라면 감자를 사랑할 수밖에 없다. 그렇게 넉넉하게 마음을 채워 주는 작물도 없을 것이다. 아직 쌀쌀한 3월, 씨감자를 두세 쪽으로 잘라 심으며 미리 수확의 풍성함을 떠올리는 기쁨도 쏠쏠하다. 딱히 농약을 칠 일도, 잡초를 걱정할 일도 없이 감자는 무럭무럭 자라 풍성하게 꽃을 피워 낸다. 감자꽃은 또 얼마나 아름다운가. 가운데 노란 수술을 감싼 하얀 꽃잎은 푸른 감자 덩굴 사이에서 풋풋하고 청순한 얼굴을 하고 있다.

가난한 시절 기근이 심할 때 우리의 배를 채워 주었던 구황 작물 감자는 짧은 기간에 재배하고 수확하여 활용하기 좋고 저장성도 뛰어나다. 요리랄 것도 없이 그저 찜통에 쪄서 식혀 가며 먹기만 해도 포만감이 생기는 감자. 나는 특히 어머니가 설탕이나 뉴슈가를 살짝 뿌려 가마솥에서 찐 포슬포슬한 감자를 가장 좋아했다.

그런데 이보다 더 강렬한 기억이 감자와 얽혀 있다. 어찌 보면 감자는 내가 죽을 뻔한 위기를 넘기고 맛본 음식이기도 하다. 국민학교(지금의 초등학교) 2학년 때의 일이다. 학교 수업을 마치고 집으로 돌아온 나는 집 앞 도랑에서 빨래를 하고 있는 어머니에게 "학교 다녀왔습니다!" 인사를 올리고 곧장 부엌으로 달려갔다. 출출해진 배를 채우고 싶어서였다. 부엌 찬장을 빠르게 훑던 나는 접시에 담긴 번데기에 눈이 번쩍 뜨였다. 그때는 번데기가 간식으로 인기였다. 없어서 못 먹는 귀한 간식으로, 나도 엄청나게 좋아했다. 그러니 눈이 똥그래지도록 반가워했겠지. 나는 잽싸게 손을 뻗어 한 입 먹으려다가 접시째 들고 어머니에게 달려갔다. "엄니, 저 이거 먹어도 돼요?"

빨래하시던 어머니는 고개를 돌려 나를 보시더니 깜짝 놀라 손에 쥔 빨랫방망이를 집어던지고 일어나셨다. 그러고는 내 손에 들린 접시를 빼앗아 바닥에 얼른 쏟아 버리셨다. 정말 순식간에 일어난 일이었다. 나는 너무 놀라 멍하니 서 있었다. 그날 저녁 어머니는 가족들이 둘러앉은 자리에 김이 모락모락 나는 감자를 양은 냄비에 가득 담아내어 주시며 말씀하셨다.

"콩 한 쪽도 나눠 먹는 습관이 있어서 하늘이 다섯째를 살렸다. 언제까지나 욕심내지 말고 형제 간에 우애를 돈독히 해야 한다."

알고 보니 접시에 놓인 번데기는 쥐를 잡기 위해 쥐약과 함께 버무려 둔 것이었다. 그때의 쥐약은 맹독성이 엄청 강해서 잘못 먹으면 생명이 위태로울 수도 있는 위험한 것이었다. 그때 나는 '내가 죽을 수도 있었구나!' 하는 충격에 휩싸여 어안이 벙벙했다. 감자도 입으로 들어가는지 코로 들어가는지 모를 정도였다. 그때 이후로 한동안 번데기는 입에도 안 댔다.

지금도 감자만 보면 그때 일이 생각난다. 내가 그때 욕심을 부려 번데기를 한입에 털어 버렸다면…. 생각만 해도 아찔하다. 형제들과 나눠 먹어야지란 마음이 나를 살렸다는 어머니의 말씀은 두고두고 가슴에 새겨졌다. 죽음의 순간을 코앞에서 느낀 나는 어머니의 찐 감자로 마음을 달랬다. 번데기 대신 감자였지만, 그건 내 목숨을 지켜 내고 처음 맛본 생명의 맛이었다. 그때부터 따뜻하고 보드라운 찐 감자의 식감은 나를 평화롭게 만들어 준다.

나는 지금도 빨래하시던 어머니가 방망이를 팽개치고 일어나시던 모습이 눈에 선하다. 그때의 빨랫방망이를 아직도 차에 싣고 다닌다. 그러다가 어머니가 보고 싶을 때 손으로 쓰다듬는다. 어머니, 다섯째 철원이는 건강하게 잘 살고 있습니다. 어머니의 말씀처럼 욕심 없이 콩 한 쪽도 나눠 먹는 넉넉한 인심을 잊지 않고 살게요.

그리움 속 감자와 빨랫방망이는 늘 나를 갈고 닦아 바르게 세워 주는 귀한 추억이다. 앞으로도 매년 3월, 나는 텃밭에 심을 씨감자를 쪼개고 소독할 것이다.

 

# 쌈 마니아의
# 감싸 안기

텃밭을 시작하기 전 바쁜 일에 쫓기면서도 늘 머릿속에 그리던 그림이 있었다. 텃밭 작물들을 돌보다가 밥때가 되면 손에 묻은 흙을 툭툭 털고, 이마에 흐른 땀 한번 쓱 훔쳐 주고, 깻잎과 상추 몇 장 따서 그늘 밑 평상에 앉아 찬밥 한 숟가락에 쌈 된장을 얹어 한입에 먹는 모습이다. 틈틈이 싱싱한 고추와 오이도 아삭 베어 물고는 하늘 한번 쳐다보면 무릉도원이 따로 없겠구나 싶었다.

그런데 그 소박한 꿈이 이제는 내가 원할 때 언제든 할 수 있는 일상이 되었다. 오래도록 품어 왔던 텃밭에 대한 로망을 마침내 이루고, 작은 땅에 초록 작물들을 키우는 농부가 되었으니, 비번인 날 텃밭에서 하루 종일 일하고 한 끼 식사를 쌈밥 정식으로 차려 먹는 일은 어려운 일이 아니게 됐다. 꿈이 일상으로 바뀌는 행복. 땅의 기운을 받아 쑥쑥 자라는 채소들을 볼 때의 기쁨. 그것도 아내와 그 일상을 함께할 수 있다는 것은 나에게 더없이 즐거운 일이 아닐 수 없다.

동물원에서는 육식동물, 초식동물 가리지 않고 두루두루 많은 동물들을 보살피며 주키퍼로서의 삶을 살아왔지만, 나의 식성은 기본적으로 풀을 좋아하는 초식동물에 가깝다. 한여름에 모깃불 피워 놓고 마당 평상에 온 가족이 둘러앉아 밥을 먹을 때도, 농사일을 돕다가 집터 밭(오래전 집들이 있었다는 밭) 감나무 그늘에서 점심을 먹을 때도 쌈은 고기반찬을 뛰어넘는 훌륭한 반찬이었다. 물질적으로 여유롭지 못했던 시골 환경에서 자투리땅에 쉽게 키우고 언제나 따 먹을 수 있는 채소들은 고마운 존재였다.

개인적으로 좋아하는 쌈 채소는 상추, 깻잎, 알배추(결구배추)다. 향이 있는 쌈을 먹고 싶을 때는 고수, 당귀, 미나리, 방풍 등을 곁들인다. 아내도 나의 쌈 채소 취향을 알기에 사시사철 늘 먹을 수 있게 깻잎, 방풍, 두릅 등을 장아찌로 담가 준다. 기본 쌈을 싸 먹을 때 각종 장아찌를 올릴 수 있는 것은 나에게 작은 사치이다.

나는 왜 이렇게 쌈을 좋아하지? 스스로에게 질문을 던져

 

본다. 아무래도 쌈 문화는 한국 음식 문화의 고유한 특징인 것 같다. 이미 고려시대 문헌에 상추쌈에 관한 기록이 남아 있다고 하니, 그 역사가 꽤나 오래되었다고 할 수 있다. 나도 어쩔 수 없는 전통 한국인의 입맛을 가지고 태어난 사람이라 매끼 쌈만 싸 먹고 살아도 좋다고 생각할 정도다. 나이가 들면서 식성이 변하기도 하고, 새롭고 신기한 먹거리들로 눈이 번쩍 뜨이기도 하지만 쌈 채소에 대한 애정은 식을 줄을 모른다. 주로 고기를 감싸 안아 주는 게 쌈이지만, 고기 없이 식은 밥을 한 숟갈 척 올려 맛난 쌈장으로 간을 하는 맨밥의 쌈도 내게는 꿀맛이다. 쌈밥집에서 커다란 채반에 푸짐하게 내어 주는 쌈 채소를 혼자서도 너끈히 해치울 정도다.

뭐든 쌈으로 싸서 먹으면 초록 기운이 같이 버무려져서 건강한 음식으로 변화되는 느낌이 든다. 그래서 쌈을 싸는 것이 복을 싸는 것이라고 생각했던 선조들의 마음이 이해가 간다. 건강과 안녕을 듬뿍 담아 먹는 쌈. 각각 흩어져 있는 재료들을 한데 아우르는 넓은 쌈 채소 잎. 그 잎으로 여러 복을 싸 먹는다는 것. 자연의 햇살과 비와 바람 등이 스며 있는 이 땅의 식재료들이 합쳐지는 순간을 사랑하는 가족들과 함께한다는 것은 최고의 행복이다. 앞으로도 나는 많은 쌈을 싸며 즐거운 식탁을 지켜 나갈 것이다. 그리고 쌈 채소들을 사랑하는 쌈 마니아로 살아갈 것이다.

문득 나는 얼마나 쌈 채소와 같은 삶을 살고 있나 돌아보게 된다. 나는 스스로 모가 난 사람이라고 생각한다. 무언가를 향해 돌진하는 힘은 갖고 있지만, 그러다 보니 주변을 돌아보지 못할 때가 많다. 더 넓은 마음으로 품어 보는 여유를 갖지 못할 때가 많다. 주름진 내 마음을 넓게 펼쳐서 누구든 품어 안을 수 있는 쌈 채소 같은 사람이 되고 싶다.

쌈 채소 중 깻잎은 나의 어린 시절 추억을 자주 되새기게 하는 채소다. 여기서 잠깐! 퀴즈 하나를 내 보겠다. 깻잎은 참깻잎일까, 들깻잎일까? 대부분의 사람들이 깻잎은 그냥 깻잎이지 하며 무심코 넘어갈 때가 많다. 나는 어린 시절 참깨와 들깨를 다 키워 보았다. 어머니는 나에게 자주 참깨밭에 가서 깨벌레(박각시나방 애벌레)를 잡으라고 시키셨는데, 그때 엄지손가락만 한 깨벌레를 만나 까무러치게 놀란 기억이 있다. 그런데 지금은 나뭇가지로 벌레를 집어다 밭둑 바깥으로 내던지던 그때가 그립다.

참깨밭에서 난 참깨는 우리 가족에게 귀한 참기름을 선물해 주었다. 하지만 나는 들깨밭을 더 좋아했다. 특유의 고소함이 가득한 들기름과 들깻가루가 더 맛나게 느껴졌기 때문이다. 반찬에 들깻가루가 들어간 것은 무조건 잘 먹었다. 그러니 들깻잎도 좋아할 수밖에. 그것이 바로 깻잎이다.

들깨는 봄부터 언제나 식재할 수 있고, 씨로 파종해도 발아율이 아주 좋으며, 병충해도 없어 초보 농부의 마음을 편하게 해주는 너그러운 채소다. 향은 또 어떤가? 텃밭에서 자란 깻잎은 마트 깻잎과 차원이 다른 진한 향을 지니고 있어 너무나 매력적이다. 가을이 깊어 갈 즈음 어머니는 들깨를 수확할 준비를 하셨다. 실하게 자란 들깨를 베어 가지런히 널어 말렸다가 넓은 비닐 포장을 깔고 부지깽이로 깨를 떨어 내고, 나는 그 옆에서 열심히 깻단을 날랐다. 중간에 잠깐 쉴 때 어머니는 깨알을 한 움큼 쥐어 입으로 호호 불어 불순물을 털어 내고 나에게 건네 주셨다. 그렇게 갓 수확한 깨알을 입에 넣어 천천히 꼭꼭 씹으면 들깨 향이 입안 가득 번지는데, 눈이 질끈 감길 정도로 고소했다. 어머니는 그런 나의 얼굴을 보고 흐뭇하게 웃으셨다.

이제 중년 아저씨가 된 나는 들깨를 수확하기 위한 것이
아니라 깻잎을 수확하기 위해 텃밭에 들깨를 식재한다. 들깨
씨앗을 수확하려면 넓은 땅이 필요하지만, 깻잎을 먹기 위해
서라면 텃밭 한쪽에 열 포기만 심어도 충분하다. 쌈 좋아하
는 우리 가족이 먹고도 남을 정도로.

**1** 들깨를 심을 때는 두 포기씩 함께 심는다.

**2** 왕성하게 자라기 때문에 약 50cm 정도 포기 사이를 두고 심는다.

**3** 가지 사이에서 나는 곁순을 적당히 제거해 정리한다.

**4** 제거한 여린 곁순을 모아 데친 후 무침으로 먹으면 맛있다.

 매일 아침 나는 텃밭에 간다

# 맷돌 호박에 대한<br>기억

어머니가 늘 밭에 심었던 작물 중에 맷돌 호박이 있다. 맷돌 호박은 늙은 호박을 말한다. 나는 늙은 호박보다는 맷돌 호박이라고 부르는 게 더 친숙하다. 어머니가 항상 그렇게 부르신 이유도 있고, 왠지 태어날 때부터 '늙은'이라는 수식어를 붙여 부르는 게 호박에게 미안해서이기도 하다.

어머니는 원래 욕심이 없는 분이셨는데, 맷돌 호박한테는 과한 애정을 보이시며 거름 욕심을 내시곤 했다. 어머니의 그런 마음을 알고 계셨던 아버지는 아무 말 없이 맷돌 호박을 심을 자리에 거름을 잔뜩 가져다 두셨다. 그러면 어머니는 구덩이에 거름을 듬뿍 넣고 호박을 심으셨다. 이렇게 무심한 듯 서로를 챙기는 어머니, 아버지의 손길을 통해 맷돌 호박은 무럭무럭 자라났다.

텃밭을 마련한 첫해에 나는 부모님을 떠올리며 각종 호박을 심었다. 그런데 나무 그늘에 치여 호박 넝쿨이 제대로 뻗어 나가지 못했다. 수확량은 턱없이 적었다. 나의 아쉬움을 달래 준 것은 호박잎이었다. 호박잎은 질겨서 생으로는 먹지 못하고, 데치거나 쪄서 먹어야 하는데, 실처럼 생긴 섬유질을 벗겨 내어 살짝 데쳐 밥 한 숟가락에 쌈 간장을 올려 보자기 싸듯 착착 감싸서 먹으면 비실비실 웃음이 새어 나온다. 어머니의 쌈 간장은 어머니만의 비법으로 만들어진 것인데, 집간장에 깨소금, 참기름, 고운 고춧가루를 섞은 게 전부이지만 짭조름하면서도 깊은 맛이 우러났다. 여기에 호박잎 넣고 끓인 된장국까지 상 위에 올라오면 호박 열매에 대한 생각은 싹 사라진다.

첫해에 실패한 호박 농사를 두 번째 해에 만회해 보려고 농사 스승님인 어머니의 조언을 세심하게 따랐다. 호박을 심을 때 처음에는 거름을 많이 주고, 어느 정도 자라면 욕심부리지 말고 덩굴 두세 가지만 남기라는 어머니의 말씀을 가슴에 새겼다. 막 자라기 시작할 때는 두루두루 영양을 듬뿍 주고, 어느 정도 자라면 그 영양분을 몇몇에게만 집중해서 주라는 의미일 것이다. 어머니의 말씀을 따르니 거짓말처럼 호박 넝쿨이 힘을 받아 뻗어 나갔다. 어느 정도 자란 뒤에는 노

　　　　　　　　　　　매일 아침 나는 텃밭에 간다

란 호박꽃이 수줍게 피어났다. 보통 호박은 박색인 사람에게 비유되지만, 호박꽃을 제대로 본 사람은 그런 말을 못할 것이다. 이리도 청순하고 고운 꽃이 또 어디 있단 말인가.

호박꽃에 호박벌이 날아든다. 통통한 몸에 비해 작은 날개가 쉼 없이 움직이는 귀여운 호박벌. 한참 동안 꿀을 빨고 꽃가루를 모으더니 생각보다 빠른 속도로 자리를 뜬다. 꽃이 핀 자리에서 자라기 시작하는 호박은 뽀얀 자태를 선보인다. 노란 호박꽃도, 갓 자라난 열매의 모습도 마트에서는 만날 수 없다. 우리는 늘 상품 가치가 있다고 여겨지는 성체의 채소들만 보기 때문이다.

농부만이 느끼는 기쁨이 있다면, 그건 바로 식물들의 자라는 과정을 지켜볼 수 있다는 점이다. 그 식물들이 생존 번식을 위해 씨앗에서 싹을 틔우고, 햇빛과 물과 바람을 온몸으로 받아들이며 잎과 꽃을 피우고 열매를 맺는 일련의 과정은 꽤 치열하고 집요하다. 채소들이 피우는 꽃은 여느 화려한 관상용 꽃과는 다른 매력이 있다. 호박꽃, 오이꽃, 가지꽃, 감자꽃, 콩꽃, 부추꽃, 미나리꽃, 당근꽃, 당귀꽃, 고추꽃 등 꽃을 피우지 않는 것이 없고, 각자의 모습대로 씨앗을 만들고 열매를 맺기 위해 애쓴다. 어떤 꽃은 야리야리하고, 어떤 꽃은 앙증맞고, 또 어떤 꽃은 우아하다. 농부의 눈에는 그저 모두가 예쁘고 귀하다.

사람들은 누구나 자기가 보고 듣고 경험한 것으로 세상을 바라본다. 그래서 세상을 더 넓고 깊게 보려면 다양한 경험을 추구해야 한다. 나 역시 텃밭 작물과 과일나무들의 변화무쌍한 모습에 감탄하며 나의 시각과 세상이 넓어지는 걸 경험한다. 그들은 나에게 더 단단한 뿌리를 내리도록 힘을 주는 존재들이다.

호박 이야기를 하다 보니, 가을마다 열리는 핼러윈 시즌 때 생긴 일이 떠오른다. 첫째 곰 손녀 푸바오에게 맷돌 호박에 모양을 내서 선물한 적이 있다. 처음에는 경계심을 보이며 뒤로 물러나 줄행랑을 치다가 점점 호기심을 보이고 탐색하더니 핼러윈 호박을 끌어안고 놀던 곰 손녀. 가을밤이 되면 어김없이 맷돌 호박을 뭉근하게 끓여 호박죽 한 그릇씩 나눠 먹고 싶은 마음이 든다.

# 애증의
# 땡볕 고추

　　한국인이라면 텃밭 작물로 고추를 빼놓는 이는 없을 것이다. 텃밭의 필수 작물이라 해도 과언이 아닌 고추. 하지만 그 고추가 얼마나 손이 많이 가는지는 아는 사람이 별로 없다. 어린 시절 일찌감치 고추 농사의 고된 노동을 맛본 나는 솔직히 텃밭 작물 목록에 고추를 넣고 싶지 않았다. 하지만 싱싱한 풋고추를 따서 쌈장에 찍어 먹는 맛을 포기할 수 없고, 아내를 위해 김장에 쓸 고춧가루를 마련해야 하는 나로서는 피할 수 없는 일이었다. 그래, 생업으로 하는 농사가 아니라 그냥 취미 삼아 가꾸는 텃밭인데, 고추도 재미로 해보면 되지 하고 텃밭에 고추 심을 자리를 마련했다. 어린 시절 부모님이 재배하던 규모에 비하면 백분의 일도 안 되는 소꿉장난에 불과하다.

　　사실 제대로 고추 농사를 하기 위해서는 먼저 밭에 거름을 치고 골을 타는 일부터 해야 한다. 그다음에는 밭고랑에 고추 모종을 심고 물을 주고 북을 돋우는 작업이 끝도 없이 이어진다. 어디 그뿐인가? 모종이 활착(옮겨 심거나 접목한 식물이 서로 붙거나 뿌리를 내리는 것)되어 자라기 시작하면 성장에 따라 두세 차례 줄을 띄워 쓰러짐을 예방해야 한다. 그런 다음 줄기의 아래쪽 새순을 모두 제거해 주어야 한다. 이는 위쪽으로 영양분을 보내 크고 튼실한 고추가 열리게 하기 위함이다. 다음은 병해충을 막기 위한 시약을 때맞추어 진행해야 한다. 그리고 쭈욱 이어지는 밭고랑 사이사이 제초 작업도 부지런히 해야 한다. 이것 말고도 챙겨야 할 것들이 좀 과장해서 백 가지도 넘는다.

하얗고 앙증맞은 예쁜 고추꽃에 벌들이 다녀간 뒤 아주 작은 풋고추가 열리고 7월 들어 고추에 붉은 기운이 돌면 내가 제일 어려워하는 일이 시작된다. 바로 고추 따기다. 그냥 따면 되는 거 아니냐고, 그게 뭐 어려운 일이냐고 할지 모르지만, 그건 정말 해보지 않은 사람은 그 일의 고됨을 절대 알 수 없다. 붉게 물든 고추를 따서 포대에 담는 작업은 하루 종일 구부려 앉은 자세로 진행된다. 밭고랑은 끝도 없이 길고, 시간은 더디게 흐른다. 해 질 녘이 다 되어 더 이상 고추를 딸 수 없는 때에 이르면 겨우 허리를 펴고 고추 포대를 달구지에 신고는 집으로 돌아온다.

다음 날 아침 멍석을 깔고 고추를 펴서 말리는 작업 또한 만만치 않다. 혹시라도 손 씻는 걸 깜빡하고 눈 주변을 만지거나 땀이라도 훔친다면! 맙소사! 후끈후끈 고추의 맵고 아린 맛을 눈으로 먼저 맛보게 된다. 비라도 올라치면 5분 대기조 비상 훈련하듯 말리던 고추를 비닐로 덮고 재빨리 안으로 들여야 한다. 이런 과정을 7월 말부터 10월까지 일주일 간격을 두고 반복하니 나가 놀지 못하고 부모님의 일손을 도와야 했던 어린 나는 고추가 정말 미웠다. 볕 좋은 가을날 뛰어놀지 못하고 고추 따고 고추 말리기에만 매달려 있었으니 어떤 아이라도 뿔이 났을 거다.

이렇게 가을을 보내고 서리가 오기 직전 고춧잎을 따고 남은 풋고추를 수확해 겨우내 먹을 밑반찬을 만든다. 고춧대가 생을 다하면 그 많은 고춧대를 모두 뽑아내고 비닐을 걷어 내는데, 그 일이 끝나야 비로소 길고 긴 고추 농사가 대단원의 막을 내린다. 이러니 내가 고추 농사를 달가워할 수가 없다. 그런 면에서 텃밭에서 기르는 고추는 애교에 가깝다. 일반 고추 열다섯 포기, 청양고추 열다섯 포기, 오이고추

  매일 아침 나는 텃밭에 간다

세 포기, 꽈리고추 세 포기 정도면 풋고추로 실컷 먹고 김장에 필요한 고춧가루까지 확보할 수 있다. 사실 나는 매운 것을 잘 먹지 못한다. 그래서 매운맛이 있는 풋고추는 모두 아내와 딸들 차지다. 내가 안심하고 가장 즐기는 건 오히려 고춧잎장아찌다. 어머니가 늦가을에 고추를 수확하고 서리 내리기 직전 고춧잎을 훑듯이 따서 만들어 주시던 장아찌는 이제 아내가 그 맛을 완벽 재현해 밥상 위에 올려 준다.

7월 끝자락부터 빨갛게 달아오른 고추를 따기 시작했는데, 웬일인지 전혀 힘들지가 않았다. 빨간 고추가 꽃이 핀 듯 붉고 화사하게 보였다. 하나하나 귀해서 다칠세라 조심조심 아기 다루듯 고추를 따고 물로 가볍게 씻은 후 물기를 털어 내고 꼭지를 땄다. 그다음에 가위로 배를 갈라 반으로 쪼개어 건조 채반에 가지런히 올렸다. 줄과 열을 맞춰 늘어선 고추들을 보니 뿌듯함이 차올랐다.

내친김에 태양초를 만들어 보겠다고 고추를 널어놓은 채반을 양지바른 곳으로 옮겨 보았다. 하지만 온전한 태양초를 만드는 건 쉽지 않은 일이었다. 끝내 미처 마르지 않은 고추는 식품건조기에서 말릴 수밖에 없었다. 하지만 도전한 것만

으로도 만족스럽다. 다음에는 기필코 성공시키리라는 다짐
을 하며, 말린 고추의 일부분은 냉동실에 보관하고 나머지는
햇볕에 다시 한 번 말린 다음 방앗간 할머니에게 적당히 빻
아 달라고 맡겼다. 그렇게 탄생한 고춧가루는 어김없이 아내
에게 진상하였다. 이제 고추 농사의 트라우마를 조금은 이겨
낸 듯하다. 가을볕에 빨갛게 무르익어 가는 고추가 애증이
아니라 애정으로 바라보게 되었으니 말이다.

---

**남바할의 농사 팁**
**고추**

고추는 여러해살이 작물이지만 사계절이 있는 우리나라에선 겨울 추위를 이기지 못하고 1년생으로 마무리된다. 5월에 고추 심고 하얀 꽃이 피기 시작하면 줄기가 쓰러지지 않게 지주대를 세우고 줄을 띄운다. 고추는 줄기 아래쪽에 나는 곁순을 제거해 주어야 한다. 이 곁순을 버리지 않고 살짝 데쳐 소금 간장에 무쳐 먹으면 이만한 별미가 없다.



매일 아침 나는 텃밭에 간다

# 생가지의 맛을 아시나요?

가지의 생명력과 성장에 대한 의지는 정말 어마어마하다. 가지의 성장세가 두드러지면 순 자르기를 잘 해주어야 한다. 가지 사이에서 새순이 자라나기 시작하면 걷잡을 수 없이 울창해져 가지 수확이 줄고 크기도 작아진다. 또한 늦가을이 될 때까지 계속해서 키가 자라기 때문에 적당한 크기에서 성장 순을 잘라 키를 조정하는 것도 중요하다.

가지를 제때 수확하지 않으면 끝도 없이 자라난다. 열매가 주렁주렁 열려 처음에는 입이 헤벌쭉 벌어지지만, 빠른 성장을 따라갈 수가 없어 수확하는 대로 이웃에게 나눠 주기 바빠진다. 또한 줄기가 가지의 무게를 견디지 못해 쓰러지거나 휘고 부러지기도 한다. 텃밭 첫해에는 다섯 그루 정도 심었는데, 감당하지 못할 정도로 열매가 열려서 반찬을 해먹고 남은 건 말려서 보관했는데도 결국 곰팡이가 피어서 버리고 말았다. 그다음부터 가지는 세 그루 이상 심지 않는다.

난 아주 어릴 때부터 가지를 먹었다. 익힌 가지가 아닌 생가지를 말이다. 어머니의 심부름으로 밭에 가지를 따러 갈 때는 으레 한두 개 정도는 생으로 뚝딱 먹어 치웠다. 그런데 생으로 가지를 먹을 때 꼭 겪어야 할 통과의례가 있다. 입 주변이 가렵고 쓰리며, 운이 안 좋을 때는 복통이 생기기도 한다. 어린 가지일수록 부드럽고 포근한 맛이지만, 입 주변이 더 아렸다. 그래도 어린 가지를 먹고 싶은 욕구를 쉬이 누르지 못했다. 색다른 간식으로 내 입맛을 사로잡았기 때문이다. 나중에 식물 공부를 하면서 감자나 가지의 아린 맛과 복통을 일으키는 것은 솔라닌이라는 성분 때문이라는 걸 알게 되었다. 미련한 시골 꼬마는 그런 줄도 모르고 가지밭에서 열심히 생가지를 따 먹었더랬다.

   매일 아침 나는 텃밭에 간다

생가지 말고, 가지를 맛나게 즐기는 또 하나의 방법으로 말린 가지가 있다. 가지는 5월에 심으면 6월부터 10월까지 계속해서 열리는데, 아무리 부지런히 먹어도 다 먹지 못할 만큼 열매가 많이 열리기 때문에 가을에는 늘 집 뒤꼍 바위에 호박과 함께 말렸다. 어머니의 부지런함 덕분에 우리는 겨울에도 쫄깃한 가지나물을 먹을 수 있었다. 이런 나물을 묵나물이라고 하는데, 뜯어 두었다가 이듬해 봄에 먹는 나물을 일컫는다. 시골에서는 호박이나 가지, 아주까리, 고사리, 무 등을 말려 두었다가 활용하곤 했는데, 겨울에는 채소나 나물을 구하기 어렵기 때문에 묵나물은 좋은 반찬 재료가 되었다. 지금이야 아내가 두릅이나 취나물, 방풍, 곰취 등도 묵나물로 만들어 주지만 어린 시절에는 이런 산나물은 새순이 나는 봄에만 먹을 수 있었다.

어머니 생전에 물어본 적이 있다. 묵나물을 작물들로만 만들었던 이유를. 산나물이 나는 계절에는 농촌 일손이 너무 바쁠 때라 산나물을 채취해 데치고 말리는 시간을 내기가 힘들었고 호박이나 가지, 무, 아주까리 등을 수확할 때는 그나마 숨을 돌릴 수 있었단다. 이마저도 부지런을 떨어야 겨울에 맛볼 수 있었다. 지금도 기억이 난다. 학교에서 돌아와 친

구들과 놀다가 비라도 내릴라치면 얼른 집으로 달려가 집 뒤
꼍 바위 위의 가지나 호박을 거둬들이고, 볕 좋을 때는 잘 마
르도록 뒤집던 내가….

여전히 나는 텃밭을 일구다가 출출할 때면 우아한 보랏빛
가지 하나 따서 소매에 쓱쓱 닦고는 한 입 베어 문다. 아무래
도 세 살 적 버릇 여든까지 간다는 속담은 맞는 말 같다.

# 맛을 부추기는
# 부추



지역마다 이름이 다르게 불리는 채소 중 가장 기억에 남는 것이 있다면 '부추'일 것이다. 내 고향에서는 '솔'이라고 했는데, 처갓집에서는 '정구지'라고 했다. 그냥 보면 초록색 풀처럼 생겼는데, 어찌 이름은 이다지도 다양할까? 부추의 맛을 묘사하라고 하면 딱히 어떤 단어가 떠오르지는 않는데, 여러 음식에 다 잘 어울리니 자신의 맛을 강하게 내비치지 않아도 환영받는 몇 안 되는 채소가 아닐까 생각된다. 부추는 전으로 부쳐 먹어도 맛있고, 겉절이로 무쳐 먹어도 맛있고, 탕 요리에 듬뿍 올려 숨만 살짝 죽여 먹어도 맛있다. 고기를 구워 먹을 때도 느끼함을 잡아 주는 역할을 한다.

어머니의 밭에도 부추가 늘 꼿꼿이 자라고 있었다. 온돌방에 나무 땔감으로 불을 지피고 나면 늘 재가 나왔는데, 어머니는 그 재를 담아 주시며 부추를 벤 다음에 뿌리고 오라고 심부름을 시키곤 하셨다. 그때는 다른 퇴비도 많은데 왜

재를 뿌리라고 하시나 이해를 못했는데, 이제는 재에 있는 미네랄 성분이 부추의 생장에 도움을 주고, 줄기와 잎을 튼튼하게 해준다는 걸 알기에 지금도 부추밭에 재를 뿌려 준다. 역시 어머니는 재와 부추의 상관관계를 알고 계신 지혜로운 분이었다.

부추는 도톰한 잎이 시각적으로 먼저 식욕을 돋우고 침을 돌게 한다. 다음으로는 코를 통해 들어오는 부추의 은은한 향기가 정신을 맑게 해준다. 부추꽃은 또 어떤가. 작고 하얀 꽃은 청초한 아름다움을 품고 있다. 꽃망울도, 만개한 꽃도 올곧은 부추 잎처럼 단아하기 그지없다. 어떤 순간에는 부추 꽃을 보는 기쁨에 잎을 잘라 먹지 말고 계속 키우면 어떨까 란 생각을 하기도 한다. 그러면서도 알싸하고 매운 듯하면서 달큼한 부추 잎의 맛을 떠올리며 고개를 젓는다. 역시 부추 는 먹어야 제맛이다.

옛 어른들 말씀에 겨울을 견디고 봄을 맞이하며 나오는 첫 번째 부추는 사위도 안 줄 만큼 귀하게 여긴다고 했다. 그 정도로 부추가 몸에 좋다는 뜻일 테니 자급자족하자는 마음 으로 텃밭 한쪽에 부추를 심었다. 부추밭은 넓지 않아도 괜찮다. 베고 돌아서면 후딱 자라 있기에 순차적으로 먹을 만큼씩만 베어 내면 5월부터 10월까지 쉼 없이 먹을 수 있다. 너무 얌통머리 없이 베어 가기만 하면 안 되니 가끔씩 덧거름을 준다. 그러면 몇 배로 더 자신을 내어 주는 게 부추다.

한번은 바쁘고 무더운 여름을 지내면서 텃밭을 살뜰히 돌보지 못한 때가 있었다. 폭염의 기세가 꺾일 줄 모르던 7월의 어느 날 뜨거운 태양이 텃밭 작물들을 태워 버릴 듯했다. 뒤늦게 찾은 텃밭은 잡초들에게 잠식당해 참혹한 상태였다. 특히 부추는 잡초들 사이에서 힘없이 처지고 가늘어져 간신히 버티고 있었다. 나는 미안한 마음이 들어 땡볕 아래서 잡초들을 샅샅이 뒤져 뽑아냈다. 그랬더니 2주 만에 부추가 다시 기운을 차리고 쭉쭉 자라 올랐다. 싱그러운 초록 부추의 생명력이 놀라웠다.

부랴부랴 부추밭으로 걸음을 옮긴 나는 폭풍 성장하다 못해 드세진 부추를 일부 베어 내기로 결심했다. 아내에게 요리를 부탁할 연한 부추부터 솎아 내고, 부추밭의 절반을 깔끔하게 베어 내기로 한 것이다. 나머지 반은 일용할 양식으로 남겨 두었다. 베어 낸 부추들은 고랑에 줄지어 뉘어 놓았다. 골에 풀이 나지 않도록 하기 위함이다.

부추는 베어 먹고 나면 또다시 땅의 기운을 받아 금세 자라난다. 그래서 베어 내는 과정은 다음을 위한 투자라 할 수 있다. 새순을 받아 맛난 부추를 또 먹어 보겠다는 초보 농부의 야심 찬 미래 계획이다. 딱 이 정도의 미래 예측을 하며 계획하고 투자하고 실행하며 먹고살 수 있으면 얼마나 좋을까? 그렇다고 농사일이 만만하다는 건 아니다. 파종과 돌봄과 수확과 다음 씨앗을 준비하는 일들이 계속 이어진다. 뭐 하나라도 게으름을 피우면 알찬 수확을 거둘 수 없다. 하지만 천재지변에 의한 것만 빼고, 웬만해선 농작물이 우리를 배신하지는 않는다. 큰 욕심만 내지 않는다면 말이다.

오늘 나는 먹을 만큼의 부추를 취하며 2~3주 뒤 만날 여리고 신선한 부추를 생각한다. 부추가 부추기는 기대에 콧노래가 절로 나온다. 아내는 옆에서 부추로 갖가지 음식을 뚝딱 만들어 낸다. 부추오이무침부터 부추명란솥밥, 부추다슬기해장국, 부추를 올린 누룽지백숙까지. 역시 맛을 부추기는 부추다!

 

부추를 수확할 때는 줄을 나누어 순차적으로 베어 낸
다. 베어 내고 나서 비료를 조금씩 사용하면 더욱 싱싱
하고 도톰한 부추를 만날 수 있다. 또한 겨울에 퇴비를
두툼하게 덮어 주면 봄에 더 튼튼하고 향 좋은 부추가
자라난다. 겨울에도 뿌리가 살아 있어 봄이 오면 예쁜
부추가 인사하며 땅 위로 올라온다.

# 퍼걸러에
# 대한 꿈

퍼걸러(등나무 따위의 덩굴성 식물을 올려 장식과 차양으로 활용하는 것)에 대한 꿈을 꾸기 시작한 것은 중학교 2학년 때다. 학교에서 돌아오는 길에 면 소재지 어느 집 앞을 지나다가 으름덩굴이 현관문 양쪽에서부터 올라와 둥근 아치형의 스틸 파이프를 타고 자라는 모습을 보았다. 그때 집의 입구부터 푸릇푸릇하고 기품과 운치가 느껴져 저 집에 사는 사람은 참 좋겠다는 생각을 했다.

시간이 흘러 결혼을 하고 두 딸의 아빠가 되어 우연히 학부모 봉사 모임에 참여하게 되었다. 아빠로서 무언가 해주고 싶은 마음에 시작한 학교 순찰대는 나에게 큰 보람을 안겨 주었다. 또한 잊고 있었던 퍼걸러의 로망을 일깨워 주는 계기가 되기도 했다. 학교 순찰을 하던 어느 날, 학교 쉼터에 등나무 퍼걸러가 있었는데, 5월의 등나무가 보랏빛 꽃을 포도송이처럼 주렁주렁 매달고 있는 모습이 너무나 싱그러웠던 것이다.

다시금 떠오른 퍼걸러에 대한 꿈은 나의 첫 인생 텃밭이 될 땅을 구입하면서 실현되었다. 나는 가장 먼저 울타리를 친 다음 컨테이너 농막을 설치했다. 그리고 바로 이어 목재를 구입해 평상을 만들고 파이프로 평상 위를 가로지르는 뼈대를 세운 뒤 건너편에 으름덩굴과 머루포도, 다래나무를 심었다. 덩굴들이 평상 위로 자라며 농막을 향해 멋진 퍼걸러를 형성하기를 바라는 마음으로 말이다. 이런 나의 행동을 지켜보던 아내는 영 못 미더운 표정이었다. 오랫동안 마음에 품어 왔던 퍼걸러에 대한 계획을 거듭 이야기했는데도 아내는 그 모습이 상상이 안 됐던 모양이다. 덩굴이라고 설명했지만, 묘목에 가까운 어린 식물들이었기에 그 식물이 금세 뻗어 나가 근사한 그늘을 만들어 줄 거라고 생각하지 못했던 것이다.

퍼걸러를 위해 심은 으름덩굴과 머루포도는 나의 어린 시절 향수를 불러일으킨다. 시골에서는 산에만 가도 먹을 것 천지였다. 으름, 산머루, 다래, 가래, 개암 등의 산중 열매들이 나의 간식이었던 것이다. 어린 시절 아버지는 벌초하러 산소에 다녀오시는 길에 거뭇거뭇한 산머루 몇 송이를 가져다 우리 품에 안겨 주시곤 했다. 그 당시 우리 가족이 살던 곳은 조그마한 동네 점방도 없던 외진 곳이라 웬만한 건 산에서 먹을 것들을 채집했다. 그때 먹은 산머루는 포도처럼 알맹이가 크진 않았지만 새콤달콤한 맛이 진해서 여러 알을 한꺼번에 입에 털어 넣고 눈을 찡긋거리며 먹었더랬다.

추석 명절에 도시에 사는 사촌들이 내려오면 나는 산에 올라 산머루를 따서 선물해 주고 싶은 마음에 들떴다. 산머루는 그냥 쉽게 얻을 수 있는 열매가 아니다. 온 가족이 성묘하러 2~3km 정도 산을 오른 후에 다들 숨을 고르고 있을 때 나는 키가 큰 나무들 중심으로 뻗어 간 덩굴들을 유심히 관찰했다. 그러다 까맣게 익은 산머루를 발견하면 날다람쥐처럼 재빠르게 나무를 타고 올라 산머루를 따서는 의기양양하게 땅으로 내려왔다. 그때 사촌들이 눈이 휘둥그레지며 "와아!" 하고 탄성을 지르던 모습이 지금도 눈에 선하다.

이렇게 어린 시절을 추억할 수 있는 산머루를 꼭 심고 싶었지만, 아무리 산을 휘젓고 다녀도 쉽게 찾아지지 않았다. 안타깝게 여긴 이웃 형님이 산머루는 포기하고, 머루포도를 심어 보라고 제안해 주셨다. 마침 머루와 포도를 교잡해 육종한 머루포도가 인기를 끌고 있었다. 큰 기대를 하지 않고 머루포도의 맛을 보았는데, 어릴 적 추억을 소환해 내기에 충분한 맛이었다. 그리하여 텃밭의 퍼걸러는 산머루 대신 머루포도 덩굴로 휘감기게 되었다.

퍼걸러를 풍성하게 만들어 주는 또 다른 주인공은 바로 으름이다. 본래 으름은 다른 나무를 감고 올라가는 엄청난 생명력을 갖고 있다. 여름에 피어나는 보라색 으름꽃은 동글동글한 게 고혹적이고 아름답다. 한국의 바나나로 불리는 으름 열매는 바나나 송이처럼 여러 개가 함께 열리는데 적당히 익으면 가운데가 갈라지면서 속살을 드러낸다. 그 속살이 엄청나게 달고 부드럽다. 물론 열매 속에 담긴 수많은 씨앗을 뱉어 내야 하는 번거로움을 감수해야 하지만 말이다.

으름 열매는 산새들에게도 좋은 먹이가 되는데, 그런 산새들 덕분에 으름은 씨앗을 멀리까지 퍼뜨릴 수 있다. 식물은 자신의 열매를 내어 주고, 씨앗을 안전히 동물의 몸속에 두었다가 배설물과 함께 나오면서 그것을 거름 삼아 땅에 뿌리를 내린다. 움직일 수 없지만, 그 누구보다 멀리 이동할 수 있는 것이 식물이다.

컨테이너 농막이 주택식 농막으로 바뀌면서 퍼걸러의 모습이 조금 달라졌는데, 덩굴의 원래 모습을 유지하려고 덩굴손 하나하나를 신경 쓰며 이동시켰다. 새 농막과 연결된 덩굴은 금세 농막을 감싸 아늑한 공간을 만들어 주었다. 이제 퍼걸러 그늘 밑 평상에 앉아 위를 올려다보면 머루포도와 으름 열매가 나를 향해 인사를 한다. 그 순간 나는 세상 부러울 게 없는 마음 넉넉한 농부가 된다. 여기에 아내가 담근 머루포도주로 목을 축이면 신선놀음이 따로 없다. 아, 나는 행복한 사나이다!

**으름덩굴**

으름덩굴은 따뜻한 곳에서는 상록으로 겨울을 날 수 있다. 다른 나무를 휘감아 힘들게 하기 때문에 심을 때 주변 나무를 잘 골라야 한다. 씨앗과 순은 쓴맛이 나지만, 열매의 속살은 매우 달다. 으름을 먹고 주변에 씨를 뱉으면 거기서 새로운 으름덩굴이 자라날 것이다.

# 까마중과 까까중

　반질반질하고 새까만 열매가 중의 까까머리를 닮았다고 해서 이름 붙여진 '까마중'을 아시는지? 이름조차 낯선 까마중은 밭이나 길가에서 자라는 식물이다. 그래서인지 예전부터 잡초 취급을 받아 왔다. 하지만 잎과 줄기는 약용으로, 까만 열매는 식용으로 먹을 수 있는 유용한 녀석이다. 어린 시절에는 농익은 달짝지근한 열매를 간식으로 자주 먹었는데 (설익은 열매는 독성이 있어 주의해야 한다), 열매가 맺히기 전 조그맣고 하얀 별 모양의 꽃이 참 어여쁘다.

　어머니는 밭일하시다가 까마중을 뽑곤 하셨는데, 몇 그루는 남겨 두고 키우셨다. 자식들의 특별 간식으로 열매를 받아 두려는 마음에서였을 것이다. 나도 어머니를 따라 까마중을 남바할 텃밭에서 다 뽑아내지 않고 두 그루를 남겨 키워 보고 있다. 그런데 이웃 식물인 아욱에게 가야 할 퇴비의 영양분을 다 빼앗아 먹기라도 한 듯 아주 무섭게 자란다. 통통한 열매들이 가지가 휠 정도로 열려서 결국 고추 지주대로 세워 주었다. 연보랏빛이던 까마중이 점점 색이 짙어지면서 까매질 때까지 그 변화를 관찰하는 재미가 쏠쏠하다.

남바할 텃밭에는 까마중처럼 잡초이지만 소중히 여김을 받는 식물이 있다. 바로 비수리다. 비수리는 잡초에 속하지만, 담금주의 재료인 야관문으로 많이 알려져 있다. 20여 년 전 곤충을 담당했을 때 반딧불이와 나비를 관리했는데, 남방노랑나비의 먹이 식물이 비수리라는 걸 알게 되어 화분에 재배한 적이 있었다. 그때 만난 인연으로 남바할 텃밭의 가족이 된 것이다. 결국 텃밭 공간을 채우는 건 나의 추억과 경험에서 비롯된 것들이다. 그러니 텃밭에 애정이 갈 수밖에!

우선 나는 비수리 씨를 받아 진입로 양쪽 언덕에 뿌렸다. 그랬더니 예상처럼 쑥쑥 잘 자라 주었다. 예취기를 가동해 다른 잡초를 제거할 때도 조심하며 비수리를 남겼고, 웃자란다 싶으면 전정을 해서 쓰러지지 않도록 관리했다. 비수리는 꽃이 참 예쁘고 단아하다. 하얀 꽃잎의 가운데는 보라색인데, 작지만 여운이 감도는 꽃이다.

신기하게도 잘 보이지 않던 남방노랑나비가 귀신같이 알고 비수리에 알을 낳았다. 알에서 깨어난 애벌레는 번데기가 되어 성충으로 자라 팔랑팔랑 날갯짓을 하는 나비로 탈바꿈한다. 이제 남바할 텃밭에도 남방노랑나비가 빈번하게 드나들 것이다. 사실 텃밭 농부 입장에서는 나비가 때때로 해충이 될 수도 있다. 작물을 먹고사는 애벌레 때문이다. 그러나 남방노랑나비는 비수리를 먹고 자라니 농작물 피해도 없고, 그저 어여쁜 남방노랑나비를 감상하기만 하면 된다.

이처럼 인간에게는 한낱 잡초라 할지라도 어떤 곤충에게는 생명과 자손을 이어 가는 중요한 먹이가 되고 터전이 된다. 그러니 텃밭을 가꾸더라도 조금은 여유를 갖고 한두 그루의 잡초를 곁에 두어 보는 건 어떨까? 생각하지도 못한 반가운 손님을 맞이할 수도 있을 테니 말이다.

까마중과 비수리는 생활력이 아주 강하다. 그러니 한두 그루만 남겨 관리하면 예쁜 꽃과 적당한 간식을 제공해 줄 것이다. 비수리를 찾아오는 남방노랑나비는 흔히 볼 수 없는 아주 귀한 나비다. 남방노랑나비를 만나고 싶다면, 비수리를 키워 보시라!

# 실패를 맛보게 한
# 아주까리

내가 되도록 입에 올리지 않는 단어들이 있는데, 그중 대표적인 단어가 '실패'와 '포기'이다. 무턱대고 실패와 포기를 거부하는 건 아니지만, 버릇처럼 그 단어를 읊조리게 될까 봐 스스로 조심한다. 내 입에서 나오는 말이 행동에 영향을 미치고, 부정적인 프레임에 갇힐 수 있기 때문이다. 중학생 때 명언 노트에 '실패는 실을 감는 뭉치를 일컫는 말이고, 포기는 배추를 세는 단위일 뿐이다!'라는 글귀를 적었던 기억이 있다. 어찌 보면 유치한 말 같기도 한데, 그만큼 '실패'와 '포기'라는 단어에 큰 의미를 두지 않으려 했던 어린 시절의 내가 귀여워서 웃음이 나왔다.

그런데 이런 나의 인생 철칙이 텃밭에서는 쉽게 통하지 않는다. 웬만한 농사에는 제법 익숙해져 나도 모르게 성공을 기본값으로 두게 된 시기에 예기치 못한 복병을 만나게 된 것이다. 그 친구는 바로 아주까리다. '피마자'라고도 불리는 아주까리는 어렸을 때 묵나물로 자주 먹곤 했다. 주로 기름을 짜기 위해 재배하지만, 가을 녘 순한 잎 위주로 채취해 데친 후 말려 두었다가 묵나물로 먹으면 세상 천하 일미가 따로 없다.

그 맛을 잊을 수가 없어 고향집에서 아주까리 씨앗을 얻어다 텃밭에 심었다. 처음에는 문제 없이 잘 자라 주어 그다음 해 봄에 아주까리 묵나물을 맛나게 먹을 수 있었다. 그런데 문제는 그다음이었다. 수확해 보관해 두었던 아주까리 씨앗을 심고는 기대를 품고 기다렸는데, 발아 소식이 없는 것이다. 다시 씨를 심어 보았지만 한 달이 지나도 싹이 자라지 않아, 결국 내 입으로 "올해 아주까리 농사는 실패구나!" 하고 내뱉고 말았다.

답답한 마음에 종묘상 사장님을 찾아가 조언을 구했더니 씨앗 보관이 문제였을 거라고 한다. 곰곰이 생각해 보니, 두 번째 심은 씨앗은 텃밭에서 2년 전 수확해 실온에 보관했던 것인데, 그사이 열 손상을 입고 건조되어 발아에 필요한 에너지를 소실한 것 같았다. 아, 결국 내가 자초한 실패였구나, 뼈저리게 느꼈다. 씨앗 보관을 너무 쉽게 생각한 것이다.

 　　　　　　　　　　매일 아침 나는 텃밭에 간다

식물도 사람 못지않게 예민하고, 세심한 돌봄이 필요하다. 씨 뿌리고 물 주면 다 잘 자랄 것 같지만, 자연과 기후에 따라 자신에게 맞는 조건이 따라 주지 않으면 발아나 성장, 개화, 결실에 문제가 생긴다. 관리도 제대로 해주지 않고, 좋은 결과를 당연지사로 생각하는 무모한 바람을 반성하며 텃밭 식물들을 둘러보았다. 동물원의 동물들도, 텃밭의 식물들도 진심과 정성으로 돌보아야 모두가 탈 없이 건강할 수 있음을 느낀다.

# 파란 딸기
# 빨간 딸기

텃밭의 여러 작물들 중 애정을 듬뿍 쏟아도 쉽게 마음을 내주지 않는 것이 있다. 바로 딸기다. 아내와 딸들이 유독 좋아해서 딸기를 심었지만, 농사가 만만치가 않았다. 딸기는 몇 포기만 심어도 특이한 번식 방법으로 빠르게 세를 늘려간다. 런너라고 하는 기는줄기가 자라 흙에 뿌리를 박고 순을 틔우며 거기서 또 옆으로 뻗는 방식으로 재차 번식한다. 처음엔 생존을 위해 세를 늘려 가는 딸기의 본능에 깜짝 놀랐다.

요즘 상품화되는 대부분의 딸기는 하우스에서 시설 재배를 한다. 딸기가 잘 자랄 수 있는 최적의 환경을 만들어 주기 때문에 맛도 좋다. 하지만 텃밭 딸기는 노지에서 재배하는 것이라 온도, 습도 등을 자연에 맡겨야 한다. 기온을 별도로 맞추는 것이 어렵다. 딸기가 익어 가며 바닥에 흙이나 이물이 묻는 경우도 많다. 또 딸기의 특성상 다른 곳으로 이탈하며 번지는 습성 때문에 다른 작물들과 다툼이 일어나기도 한다. 그런가 하면 익어 가는 딸기를 새와 벌레 들이 가만두지 않는다. 다 익기도 전에 새들이 날아와 선수 치는 경우가 허다하다. 이러니 노지의 텃밭에서 나오는 딸기가 내게는 귀한 열매일 수밖에 없다.

처음 딸기를 들이게 된 것은 텃밭이 생긴 다음 해였다. 어머니 생신 때에 맞춰 고향집에 내려갔는데, 잎이 탐스러운 딸기가 날 보고 반갑게 인사를 했다. 형수님께 분양 요청을 드리자 금방 또 번지니 맘껏 캐 가라고 하셨다. 나는 욕심은 부리지 말자 하면서 세 포기를 캐어 차에 싣고 네 시간을 달려 곧장 텃밭으로 갔다. 혹시 가는 길에 딸기가 시들시들 잘못될까 봐 걱정되었기 때문이다. 그렇게 정성으로 심었던 딸기가 지금도 나의 텃밭에서 종족 번식의 자연 본능을 충실히 수행하고 있다.

첫해의 딸기 농사는 일하다 이파리 들추어 가며 한두 개씩 따 먹는 재미에 빠져 지냈다. 두 번째 해에는 주렁주렁 달린 딸기를 야무지게 따서 생으로도 먹고 잼으로도 만들어 먹었다. 아내가 만드는 딸기잼은 시중에서 파는 딸기잼과는 완전 달랐다. 과하게 달지 않고 자연의 맛이 살아 있어서 구운 식빵에 빈틈없이 발라 먹어도 질리지 않았다. 세 번째 해에 수확한 딸기는 작은딸 생일 케이크로 변신했다. 아내는 아낌없이 딸기를 넣어 빵보다 딸기가 더 많은, 세상에 둘도 없는 딸기 케이크를 만들었다. 작은딸은 입이 귀에 걸려 "아까워서 어떻게 먹지?" 했다가 훅 초를 불고 나서는 포크질을 멈출 줄 몰랐다.

마트에서 만나는 딸기는 보기만 해도 먹음직스럽게 빨간 색을 띠고 있다. 하지만 딸기가 처음부터 빨간 건 아니다. 5월 즈음하여 하얀 꽃이 청순하고 소담하게 피어났다가 꽃잎을 떨구면 푸른 열매가 봉긋 솟는다. 그것이 딸기의 첫 모습이다. 푸릇한 딸기가 서서히 커지면서 딸기다운 형태를 갖추고 윤기가 돌며 점차 붉어진다. 반쯤 붉은 기가 오르면 이때부터 나는 농부의 본분을 잃고 군침을 흘린다. 색이 절정에 달해 새빨갛게 농익은 딸기를 발견하면 흥분하여 하이톤으로 아내를 부른다. 자연이 한 일을 내가 한 일인 듯 가슴을 쫙 펴고 어여쁜 딸기를 보여 준다. 누가 먼저랄 것도 없이 서로에게 첫 딸기를 양보한다. 옥신각신하다 결국 딸기 한 알을 사이좋게 나눠 먹는다.

　　　　　　　　　　　　매일 아침 나는 텃밭에 간다

어떤 사람은 고생스럽게 키우지 말고, 그냥 편하게 마트에서 사 먹으라고 한다. 하우스 딸기가 얼마나 맛난지 모른다고, 겨울에 맛보는 딸기가 별미라고 말한다. 하지만 나는 빨갛게 잘 익은 딸기의 새콤달콤한 맛을 원하는 게 아니다. 직접 정성 들여 키우면서 푸르스름한 딸기가 빨갛게 익어 가는 과정을 보는 맛에 빠진 것이다. 이 맛 때문에 몇 배나 힘들어도 텃밭 농사를 손에서 놓지 못한다.

딸기는 텃밭이 아니더라도 베란다에서 얼마든지 키울 수 있다. 딸기로 배를 채울 생각이 아니라면, 또 빨간 딸기 한 알에 담긴 생명력을 맛보기 원한다면 화분 딸기로도 충분하다. 사실 텃밭에서 나오는 딸기는 선별해서 판매하는 마트 딸기보다는 덜 예쁘고, 모양이나 크기가 고르지 못하다. 당도도 판매하는 딸기가 훨씬 높다. 하지만 내 손끝에서 열심히 자라 준 딸기의 싱그러움은 돈 주고도 못 산다. 심고 길러서 꽃 피고 열매 맺는 전 과정을 함께한 딸기는 사랑이다.

# 사랑의 힘으로!
# 당근 도전기

　　가리는 것 없이 잘 먹는 게 나의 큰 장점이라면 장점인데, 그럼에도 불구하고 오랫동안 주저하며 거리를 두었던 채소가 있다. 그것은 바로 당근이다. 아이바오와 푸바오가 엄청나게 좋아해서 늘 당근이 떨어지지 않도록 챙기고, 깨끗이 씻고 다듬으면서도 정작 내 입으로 들어가는 경우는 드물었다.

　　사실 당근에 대한 사연은 총각 시절로 거슬러 올라간다. 그 당시 여자 친구(지금의 아내)는 당근을 무척이나 좋아하는 사람이었다. 반려견의 이름을 '당근'이라고 지었을 정도이니 여자 친구의 당근 사랑을 굳이 묻지 않아도 알 수 있었다. 그때부터 당근과 친해져 보려고 애썼다. 어린 시절 시골에서 자란 나는 접하지 않은 농작물이 없었는데, 신기하게도 당근은 만날 기회가 없었다. 아마도 고향의 토질이나 기후가 당근과 맞지 않았기 때문이리라. 내 고향 순창에서는 주로 고추, 배추, 무, 담배, 콩, 팥, 고구마, 감자 등을 재배했다.

아이바오가 당근을 즐겨 먹는 걸 보고 푸바오도 당근을 좋아하게 된 것을 떠올려 보면, 부모와 자녀 세대의 자연스러운 학습과 대를 이어 같은 경험을 하는 것이 얼마나 중요한지를 새삼 느낀다. 부모님이 마련해 주신 매일매일의 밥상 위에 주황빛 당근을 보지 못한 나는 당근에 대한 맛난 추억을 갖지 못했다. 그런데 아내는 반대였다. 아내는 당근으로 만드는 각종 요리에 능통했고, 그 맛을 정말 좋아했다. 당근의 아삭아삭한 식감과 푸릇한 향내가 기분을 좋게 만든다고 하면서….

아내는 당근이 들어간 김밥을 좋아했고, 가족의 생일에는 늘 당근 케이크를 만들었다. (음식에는 당근! 당근이 들어가야 했다.) 잡채에도 당근, 샌드위치나 토스트에도 당근, 칼국수에도 당근, 잔치국수에도 당근. 당근 자체만으로 즐겨 먹는 당근 라페까지. 각종 당근 요리의 신세계를 보면서 나는 다시 태어나는 것 같았다. 그리고 당근을 더 이상 외면할 수 없겠다는 느낌이 강하게 들었다. 인생의 반려자로 그녀와 평생 함께하려면 당근을 좋아할 수밖에 없겠구나 싶었던 것이다.

텃밭을 마련하고, 어떤 채소를 심을까 고민했을 때 아내는 기다렸다는 듯이 '당근'을 심자고 했다. 처음에는 당근 재배에 영 자신이 없어서 망설였는데, 아내가 처음으로 눈을 반짝이며 텃밭에 관심을 보이는 것 같아 그냥 넘길 수가 없었다. 그리하여 푸바오가 태어난 2020년부터 당근을 심게 되었다.

처음 텃밭에서 수확한 당근은 엄지손가락 굵기 정도였고, 뿌리도 인삼 뿌리처럼 여러 갈래로 무성했으며, 외피가 터진 것들이 많았다. 하지만 아내는 땅에서 자라나는 당근을 보며 감탄사를 연발했다. 마트 당근만 접했던 아내는 당근의 줄기와 잎, 당근꽃, 당근의 향을 온전히 느끼며 좋아라 했다. 아내의 당근 요리에 대한 즐거움을 증폭시킨 것은 말할 것도 없다. 그 모습을 보니 바오패밀리도 나의 무공해 당근을 좋아할 거라는 희망이 샘솟았다.

하지만 아뿔싸! 내가 예상하지 못한 일이 벌어졌다. 아내의 눈에는 신기하고 예뻐 보이기만 한 남바할표 당근이 바오패밀리에게는 불합격 판정을 받은 것이다. 그때는 정말 낙심이 컸다. 물론 착한 아이바오는 내가 내민 당근을 잠시 살피더니 조심스레 잘 먹어 주었다. 하지만 푸바오는 킁킁 냄새

　　　　　　　　매일 아침 나는 텃밭에 간다

를 맡으며 한 입 깨물어 보고는 퉤 하고 뱉어 버렸다. 미식가인 러바오는 무공해 텃밭 당근을 알아보지 않을까란 마지막 희망도 무참히 무너져 버렸다. 역시 첫 경험이 중요한 것인가! 러바오는 굵직하고 매끈한 마트 당근에 길들여져서 나의 텃밭 당근은 냄새 조금 맡은 것으로 성의 표시를 한 후 끝내 외면해 버렸다. 이리하여 마음에 상처만 남긴 채 텃밭 당근은 바오패밀리의 식탁에서 물러나고 말았다.

첫 수확한 당근을 살피며 나는 농부의 마음으로 다음 당근 재배 때 보완해야 할 점들을 분석하고 메모했다.

- 당근을 파종할 때는 텃밭 흙 속의 잔돌들을 잘 골라낸다.
- 토양에 거름기가 충분하도록 퇴비를 뿌려 준다.
- 뿌리가 잘 내릴 수 있게 부드러운 토양층을 만들어 준다.
- 싹이 터서 자라기 시작하면 솎아내기를 해서 자리 확보를 해준다.

해가 거듭될수록 당근은 처음 모습과 달리 본래의 향과 색을 뽐내며 무럭무럭 자라 주었다. 크기가 제법 굵어지고 뿌리가 반듯하게 자라면서 바오패밀리의 선택을 받은 마트 당근보다 더 위풍당당한 모습을 보여 주는 당근들이 기특하고 예뻐 보였다. 게다가 당근의 하얀 꽃에 날아오는 호랑나비는 당근이 불러들인 귀한 초대 손님이었다. 당근꽃마다 팔랑팔랑 자리를 옮기며 꿀을 빠는 호랑나비를 넋 놓고 바라보며 땀을 식히다 보면 어느새 호랑나비는 우아한 춤 공연을 마치고 홀연히 사라졌다.

아내로 인해 당근에 입문하고, 이제는 제법 당근의 향과 맛에 매료되어 당근 농사에도 적극적인 나를 보며 아내는 흐뭇한 미소를 짓곤 한다. 당근을 수확할 때는 한달음에 달려와 손을 보태는 아내 덕분에 나는 당근을 더 많이 사랑하게 되었다. 당근에 대한 애정이 생기자 당근이 자라는 모습을 한순간도 놓치고 싶지 않고, 당근을 마주하는 시간에는 아내 생각, 바오패밀리 생각에 빠져 지낸다. 그렇게 온전히 나의 손끝에서 길러진 당근이 아내의 손끝에서 멋진 음식으로 탄생하는 걸 보는 순간은 또 다른 기쁨이다. 아내가 만들어 주는 당근 음식 중에 내가 가장 좋아하는 것은 당근 라페다. 특히 아내가 구운 치아바타, 바게트나 깜빠뉴에 올려 먹는 당근 라페는 그야말로 일품이다.

  매일 아침 나는 텃밭에 간다

## 당근
## 라페

당근 라페는 절이는 단계를 생략하고, 바로 소금, 홀그레인 머스터드, 올리브유, 레몬즙, 꿀, 통후추를 갈아 넣어 바로 먹는다. 냉장 보관했다가 아침에 먹으면 더 맛나다.

# '적당히'를 가르쳐 준
# 완두콩

이른 봄 3월의 어느 날, 나는 텃밭을 그냥 놀리는 게 너무 아까워 종묘상에 들렀다. "사장님, 지금은 무엇을 심으면 좋아요?" 내가 물으니 사장님 대답이 "아이고, 성격 되게 급하시네. 아직 뭐든 심기엔 너무 일러요. 굳이 심어야겠다면 이것밖에 없는데⋯." 하며 나에게 보여 준 것이 완두콩 씨앗이었다.

나는 별 기대 없이 완두콩 씨앗을 받아 와 아직 한기가 남아 있는 땅에 심었다. 몸이 근질근질했던 참에 텃밭을 일구니 숨통이 트이는 것 같았다. 아내는 그런 나를 보며 스스로 일을 만든다고 혀를 내둘렀다. 농사일이 한가할 때는 그 한가함을 느긋하게 즐기면 좋으련만, 하루가 멀다 하고 새로운 일을 만들어 내는 나를 걱정하는 아내의 마음이리라. 하지만 이렇게 타고난 걸 어찌할까. 나는 수확하는 기쁨을 상상하며 완두콩을 열심히 심었다. 이러다 꽃샘추위에 냉해 피해를 입을지도 모르지만, 구더기 무서워서 장 못 담그랴. 실패를 맛보는 건 두렵지 않아도 아무것도 안 하는 건 참을 수 없다. 텃밭의 일은 자연이 주관하는 것이기에 내가 어찌할 수 없는 일들이 많다. 실패는 실패대로 나를 담금질하는 소중한 경험이 된다. 그러면서 거친 땅과도 같은 내 마음밭이 고르게 다듬어지고 비옥해진다.

종묘상 사장님을 통해 처음 소개받은 완두콩은 나를 실망시키지 않았다. 그 녀석은 봄에 노지에 심은 작물 중에 가장 먼저 자라나고 수확이 제일 빨랐다. 싸늘한 공기를 뚫고 머리를 내민 완두콩은 앳되고 가녀린 모습 가운데서도 씩씩함이 느껴졌다. 찬 기운을 두려워하지 않는 완두콩이 좋아질 수밖에 없었다.

완두콩은 추위에 강하고 더위에 약해서 이른 봄에 심기 좋으며, 무더위가 시작되기 전에 수확을 해야 하는 작물이다. 또한 덩굴성 습성을 가지고 있어서, 싹이 트고 자라기 시작하면 지주대를 세워 주어야 한다. 처음에는 이런 기본적인 지식도 모르고 무작정 씨앗부터 뿌렸다. 어느 정도 자라다 자꾸 옆으로 고꾸라져서 살펴보니 덩굴손이 뻗어 나가는 게 보였다. 얼른 나뭇가지를 옆에 꽂아 주니 그걸 기둥 삼아 열심히 휘감으며 올라갔다. 자라는 속도가 어마어마해서 곳곳에 지주대를 꽂아 주느라 바빴다.《잭과 콩나무》에 나오는 콩나무가 이 완두콩 아니었던가? 이런 속도면 하늘을 뚫고 거인의 성에 도달하고도 남을 것 같았다. 나중에는 잔꾀가 생겨 고추 말뚝을 양쪽에 박고 줄을 가로로 길게 띄워 주니, 그 줄을 타고 신나게 뻗어 나갔다.

완두콩을 키우면서 귀엽고 올챙이같이 생긴 꽃을 처음으로 보았다. 콩을 반쪽으로 나눈 듯 양쪽으로 갈라지며 피어나는 하얀 꽃. 내가 요리조리 고개를 돌려 자세히 들여다보면 완두콩꽃도 함께 고개를 갸웃갸웃 하며 나를 보는 듯했다. 그런 앙증맞은 꽃이 지고 나면 콩꼬투리에서 열매들이 차오르는데, 점점 통통해지는 꼬투리를 보니 반가웠다. 하루가 다르게 무럭무럭 자라는 완두콩! 그들의 폭풍 성장은 루이, 후이 쌍둥이 판다의 성장처럼 기특하고 감동적이었다.

첫 완두콩을 수확하는 날! 잘 여문 꼬투리를 따서 껍질을 양쪽으로 열었더니 똥글똥글한 완두콩들이 쪼르르르 얼굴을 내밀었다. 귀엽고 앙증맞은 완두콩을 보며 나도 모르게 "이

뻐, 이뻐, 이뻐!” 하고 감탄사를 쏟아냈다. 아이바오만 보면 저절로 나오는 “이뻐, 이뻐!”를 식물계에서는 완두콩이 처음 들은 게 아닐까 싶다. 완두콩은 자신이 예쁨받는 걸 아는지, 열매를 더 많이 맺었다. 생각보다 너무 많은 열매가 주렁주렁 달리자 이내 걱정이 밀려왔다. 종묘상에서 구매한 완두콩 씨앗을 하나도 남기지 않고 심은 탓이다. 껍질째 쪄 먹고, 완두콩 밥을 해 먹고, 완두콩 백설기도 하고, 주변에 나눠 주고 남은 콩은 냉동 보관했지만, 한 알도 버려지지 않았다고 자부할 수가 없다. 헐떡이며 겨우 소비한 셈이다.

내가 또 욕심을 부려 ‘적당히’라는 기준을 넘기고 말았다. 도대체 어느 정도여야 ‘적당히’라는 선을 맞출 수 있을까? 나는 결국 조금씩 완두콩 씨앗의 양을 줄이면서 ‘적당히’의 선을 깨닫게 되었다. 이제는 첫해에 심은 완두콩 씨앗 양의 삼분의 일로 줄이고, 3m 정도의 작은 두렁에 파종을 한다. 그만큼이 우리 네 식구 먹기에 딱 적당하고, 버려지는 완두콩도 없기 때문이다.

솥에 한 흰쌀밥 위에 초록 완두콩이 영롱하게 빛난다. 고운 빛깔만큼 맛도 달다. 콩을 싫어하는 두 딸도 완두콩만은

거부하지 않고 잘 먹는다. 완두콩이 가르쳐 준 '적당히'의 지
혜가 우리 가족을 행복하게 만든다.

# 텃밭 대장 대파 VS
# 텃밭 효자 쪽파

아내와 결혼한 지 벌써 몇 십 년이 흘렀다. 신혼 때에 검은 머리가 파뿌리가 될 때까지 백년해로하라는 덕담을 주변에서 많이 해주었는데, 다행히 지금까지 아내와 나는 행복하게 결혼생활을 하고 있고, 아직 파뿌리처럼 머리가 허옇게 변하지는 않았지만, 텃밭에서 함께 파 농사를 지으며 하얀 파뿌리까지 알뜰하게 쓰고 있다. 땅속에 내내 묻혀 있는 파뿌리는 정말 하얗다. 흙을 조심스레 털고 물로 씻으면 뽀얀 뿌리와 머리 부분이 드러나는데, 아내는 그 부분을 잘라서 따로 지퍼백에 담아 냉동실에 얼려 두었다가 국물 우릴 때 요긴하게 사용한다.

텃밭에는 쪽파와 대파가 각자 자리를 차지하고 있는데, 어느 것이 더 귀하다고 말할 수 없다. 쪽파는 쪽파대로, 대파는 대파대로 각자의 역할이 있기 때문이다. 쪽파와 대파로 밸런스 게임을 한다면, 어느 쪽을 더 좋아하는지 판가름이 날까? 우선 우리 집에서는 쪽파김치와 대파김치를 다 담가 먹는다. 많은 이들에게 익숙한 것은 쪽파김치일 것이고, 대파김치를 담가 먹는 집은 주위에서 많이 보지 못했다. 그런데 아내는 대파김치의 식감과 맛을 포기할 수 없다고 매해 담근다. 쪽파김치보다 대파김치가 좀 더 달고 시원한 맛이 난다나. 쪽파김치는 알싸한 맛이라면, 대파김치는 은은하고 부드러운 단맛을 품고 있다.

사실 내가 좋아하는 대파 요리는 육개장이다. 국물 요리에 빠지지 않고 들어가는 재료가 대파이지만, 대부분 대파가 조연인 반면, 육개장의 대파는 주연이다. 육개장에 듬뿍 들어가 부들부들 익은 대파를 한 젓가락 듬뿍 집어 올려 입안에 넣기만 해도 속이 풀리는 느낌이다. 육개장에서 다른 건 다 빠져도 대파는 빠지면 절대 안 된다는 게 나의 지론이다.

대파는 봄부터 가을까지 언제나 심고 수확할 수 있는 전천후 작물이다. 그래서 이른 봄 모종으로 심고 나서 기간 차를 두고 여러 차례 식재한다. 그렇게 하면 계속해서 수확하며 일 년 내내 싱싱한 대파를 먹을 수 있다. 먹고 남은 대파는 뽀득뽀득 씻어 먹기 좋게 잘라 냉동실에 보관하고 두고두고 꺼내 먹는다. 먹다가 떨어지는 일이 없게 대파의 수확량을 잘 따져서 심는다. 내가 한참 머리를 굴리며 대파 수확량을 체크하고 있으면, 아내는 왜 그렇게 머리 아프게 계산하느냐고, 대파가 떨어지면 마트에서 사 오면 되지 않느냐고 말한다. 하지만 어림도 없다. 마트에서 대파를 사는 건 내가 용납 못 한다. 이미 남바할 텃밭에서 수확한 대파 맛을 보았는데, 그게 가당하기나 한가 말이다.

아내가 "여보, 오늘 대파 몇 개 좀 갖다 줘요!" 하면 나는 텃밭에서 대파를 쑥 뽑아 흙을 툴툴 털고는 차 트렁크에 싣고 콧노래를 흥얼거리며 집으로 향한다. 이처럼 대파는 나의 귀갓길을 행복하게 만들어 주는 존재다. 언젠가 대파 값이 천정부지로 솟아 금파가 되었을 때도 주변 이웃에게 아낌없이 나누어 주었더니 다들 금덩이라도 받은 듯 입꼬리가 올라갔다. 대파로 나누는 정을 맛본 뒤로는 텃밭 대장 대파를 포기할 수 없게 되었다.

이렇게 대파 이야기만 늘어놓으니, 괜히 쪽파에게 미안해진다. 쪽파야, 너무 서운해하지 말렴. 나의 일순위는 쪽파 너다! 그렇다. 나는 쪽파김치를 애정한다. 아니, 쪽파로 하는

모든 요리를 사랑한다. 고춧가루 양념으로 버무린 겉절이 스타일, 숨죽이고 곰삭혀서 먹는 숙성 스타일, 데친 오징어와 함께 먹는 숙회 스타일, 그리고 거부할 수 없는 파전까지 쪽파로 만든 요리는 다 좋아한다. 한번은 늦은 봄날 텃밭에 갈 때 생막걸리 한 병 사 갔더니 아내가 밭에서 쪽파를 한 움큼 뽑아 그 자리에서 오징어를 곁들인 해물파전을 해주었다. 그때 새참 삼아 먹은 파전과 막걸리의 맛을 떠올리면 지금도 입안에 군침이 돈다.

　나의 두 딸도 아빠를 닮아 쪽파김치를 좋아한다. 그 세대

에게는 짜장라면을 먹을 때 없어서는 안 되는 반찬이라고 한
다. 우리 부부는 삼겹살을 먹을 때 빼놓을 수 없는 게 쪽파김
치인데 말이다. 여기서 세대 간의 입맛 차이가 난다. 어느 쪽
을 선호하든 쪽파김치는 우리 집 냉장고에서 떨어지지 않도
록 각별히 챙기는 중요한 음식이다.

쪽파는 가을에 여유지에 넉넉히 심어 두면 동면을 하고
이른 봄에 싱싱한 연두색을 띠며 땅을 헤집고 나온다. 나는
메마른 대지를 뚫고 나와 건조하고 차가운 기운을 초록으로
녹이는 쪽파의 모습을 사랑한다. 텅 빈 공간이 쪽파의 초록
으로 가득 채워질 때 쭉쭉 뻗은 쪽파의 자태에 넋을 잃기도
한다. 종자로 이어 갈 쪽파는 수확해서 먼저 흙을 털고 햇볕
에 말려 준다. 그다음 줄기 부분을 잘라 낸 후 양파 망에 담
아 바람이 통하는 처마나 그늘에 매달아 둔다. 심어야 되는
시기가 되면 하나씩 분리해 뿌리 부분과 새싹이 돋아날 부분
을 가위로 다듬어 일정 간격으로 심는다. 5~6일이 지나면 초
록초록한 새싹이 땅을 뚫고 고개를 내미는데, 그 모습이 정
말 사랑스럽다. 일 년에 두 번씩 매년 쪽파를 심지만 쪽파는
한 번도 초보 농부를 실망시키지 않는다. 정말 고마운 텃밭
의 효자 식물이다.

　　　　　　　　　　

아내가 대파로 스콘을 만들어 준 날을 잊을 수가 없다. 빵에 대파를 넣는다고? 난 그 맛이 전혀 상상이 안 되어 만들어 줘도 안 먹을 것 같았다. 하지만 아내의 마법의 손을 거쳐 탄생한 대파 스콘은 대파의 새로운 매력을 맛보게 해주었다.

**준비 재료** 박력분 250g, 베이킹파우더 6g, 무염버터 80g, 설탕 45g, 소금 1g, 달걀 한 개(대란), 우유 35g, 체다치즈 3장, 대파 한 대

**만드는 법** 미리 우유와 달걀을 섞어 냉장 보관한다. 버터는 꼭 차가운 버터여야 한다.

**1** 대파를 쫑쫑 썰어 마른 팬에서 수분이 날아가도록 볶아 식혀 준다.

**2** 박력분과 베이킹파우더를 체에 한 번 내리고, 차가운 버터를 깍뚝 썰어 모래알 크기만큼 자르듯이 섞어 준다(푸드프로세서나 스크래퍼 이용). 버터가 녹지 않게 빠르게 섞어 주는 게 포인트!

**3** 차가운 우유 달걀 물을 나누어 넣어 가며 섞는다. 치즈도 잘라서 섞는다.

**4** 반죽한 것을 냉장고에서 1시간 정도 휴지한 후 먹기 좋은 크기로 분할하여 굽는다. 오븐에서 구울 시 200도에서 20~25분 정도 굽는다.

# 마늘종 뽑기의<br>달인

　사계절 중에 어떤 계절을 가장 좋아하냐고 물으면 나는 대답을 못 하고 한참 망설인다. 아무리 생각해도 계절마다 매력이 있어서 어느 계절이 좋다고 콕 집어 말하기가 곤란하기 때문이다. 행여나 선택받지 못한 계절이 서운해하면 어쩔 것인가. 그만큼 농부에게는 사계절이 다 필요하고, 의미 없는 계절이 없다.

　그런데 마늘을 심는 가을이 다가오면 그렇게 가슴이 두근거릴 수가 없다. 내 머리는 사계절을 다 좋아한다고 말하지만, 내 가슴은 "가을"이라고 대답하는 것 같다. 웬만한 작물을 수확하고 거둬들이는 가을에 파종하는 마늘은 초보 농부의 마음을 경건하게 만든다. 그만큼 마늘이 우리 삶에 깊숙이 자리 잡고 있고, 음식에도 빠지지 않고 들어가는 재료이기 때문이리라. 단군 신화에서도 곰이 쑥과 마늘을 먹고 사람이 되지 않는가!

마늘은 침지 소독이라는 것부터 해야 한다. 오종종한 마늘들에 나쁜 균이 침입하지 못하도록 소독용 물에 1시간 정도 담가 두는 것이다. 마늘을 심을 골에도 토양 소독을 하고 거름을 넉넉히 뿌린다. 거름을 줄 때는 적정량을 따지지 않고 넉넉히 뿌린다. 어머니에게 배운 농사법이다. 어떤 때는 작물이 웃자라면 어쩌지 걱정하는 경우도 있지만, 어머니의 방법은 틀린 적이 없다.

그렇게 심어진 마늘은 겨울의 매서운 추위를 견디고 꽁꽁 언 땅속에서 버티며 알싸한 맛을 채워 간다. 그러다 따뜻한 봄 햇살이 드리우는 3월이 되면 썰렁한 밭고랑에 초록 싹이 빼꼼 고개를 내민다. 마늘의 싹이다. 이때부터 마늘은 거침없이 자라난다. 5월에는 뾰족뾰족한 뿔처럼 솟기 시작하는데, 마늘의 꽃줄기인 마늘종이다. 이 뾰족한 줄기가 길게 솟아 씨방이 달리는데, 그 씨방이 점점 굵어지는 시기에 영양분을 가장 많이 쓰기 때문에 마늘종을 뽑아 주면 알뿌리, 즉 우리가 아는 마늘이 땅속에서 굵게 맺힌다. 쉽게 말하면 굵고 큰 마늘을 얻기 위해 마늘종을 뽑는 것이다. 지혜로운 조상들은 이 마늘종을 버리지 않고 반찬으로 활용했다. 마늘종은 면역력 강화와 심혈관 건강에 도움을 준다고 하는데, 아무리 그래도 맛이 없었으면 상 위에 반찬으로 꾸준히 오르지 못했을 것이다.

마늘종은 보통 마늘종 무침으로 많이들 먹어 봤을 거다. 나는 갓 수확한 마늘종을 생으로 먹는 걸 좋아하는데, 된장이나 고추장에 찍어 먹으면 마늘의 알싸한 맛이 입안에 감돈다. 어릴 때도 그런 맛을 제법 즐겼다. 아마도 어른들 틈에서 자라 어른들 입맛에 길들여진 것이겠지. 마늘종은 장아찌로 담그면 두고두고 먹을 수 있는데, 매번 상 위에 올라도 질리는 법이 없다. 아내 역시 마늘종을 좋아한다. 그 향과 식감과 매끄럽고 단아한 모양새가 좋단다.

언젠가 마늘종 뽑을 건데 텃밭에 오겠냐고 했더니 아내가 신이 나서 달려왔다. 예쁘게 잘 빠진 마늘종을 한가득 안고 돌아갈 생각에 입이 헤벌쭉 벌어졌다. 하지만 마늘종 뽑는 일을 우습게 보면 안 되었다. 마늘종을 처음 뽑아 보는 아내는 팔에 잔뜩 힘을 주고 줄기를 당기다가 뚝뚝 끊기는 마늘종을 보며 망연자실했다. "여보, 너무 힘만 주지 말고, 이렇게 잡고 싸악 잡아당겨 봐요. '뽁' 소리 들리지?"

 

　내가 아무리 설명해도 어중간하게 끊기는 마늘종에 얼굴
이 시뻘게진 아내는 바로 두 손 들고 포기했다. 이러다 자신
이 마늘종 수확을 망칠 것 같다고 했다. 아내는 마늘종 뽑는
건 나에게 맡기고 대신 마늘종으로 할 수 있는 온갖 반찬과
요리를 선보이겠다고 눈을 반짝였다. 내가 땀방울을 흘리며
“뽁” 소리 나게 마늘종을 뽑을 때마다 아내는 박수를 쳤다.
“뽁! 뽁! 뽁!” 마늘종 뽑히는 소리가 너무나 사랑스럽고 귀엽
다나? 맙소사! 아내를 잘 가르쳐서 조수로 써 볼 요량이었는
데, 완전히 작전 실패다. 아내는 멀찌감치 앉아 마늘종의 향
기를 맡으며 감탄사를 내뱉었다. “여보, 마늘종 향 정말 좋
다. 역시 밭에서 바로 수확한 거라 다르네.”

　이쯤에서 나의 마늘종 뽑는 노하우를 밝히면 이렇다. 사
실 대단한 기술은 아니다. 마늘종의 자란 정도를 살피는 게
중요하다. 온전히 자랄 만큼 자란 마늘종은 끊기는 것 없이
깔끔하게 뽑힌다. 하지만 덜 자란 마늘종은 십중팔구 중간에
서 끊긴다. 모두가 똑같이 자랄 수 없는 법. 어떤 건 빨리 자
라고, 어떤 건 늦되다. 거기서 뽑을 만한 마늘종을 고르는 눈
은 경험으로밖에 쌓을 수 없다. 사실 나도 마늘종을 항상 잘
뽑는 것은 아니다. 처음에는 나도 끊어 먹는 마늘종이 많았

다. 자꾸만 하다 보니 감각이 늘어난 것이다.

아내는 내가 뽑은 마늘종을 정성스레 다듬어 무침과 볶음으로 뚝딱 반찬을 만들어 냈다. 그리고 새로운 메뉴로 마늘종 덮밥을 선보였다! 처음에는 마늘종 밥을 한다고 해서 그게 과연 맛이 있을까 반신반의했는데, 잘게 썬 마늘종과 다진 고기를 포슬포슬 볶아 밥 위에 올린 마늘종 덮밥을 보니 없던 식욕이 솟구쳤다. 적절한 짠맛과 단맛이 입안에 감돌자 미슐랭 식당 음식도 이 정도로 맛있지 않을 거라고 아내를 추켜세웠다.

지금 이 순간도 마늘종 덮밥 맛이 생생하게 떠오른다.
"여보! 오늘 저녁으로 마늘종 덮밥 될까?"

---

**텃밭 레시피**

**마늘종
덮밥**

마늘종과 다진 돼지고기만 있으면 간단히 만들 수 있다. 다진 돼지고기는 불고기 양념해서 물기 없이 바싹 볶는다. 마늘종은 쫑쫑 썰어서 고기가 거의 다 익을 때쯤 넣어 살짝만 볶는다. 불을 끄고 참기름이나 들기름(둘 다 넣어도 좋다)을 가볍게 둘러 준다.

  매일 아침 나는 텃밭에 간다

# 아내의,
# 아내에 의한,
# 아내를 위한 텃밭

텃밭에서 키울 작물을 정할 때 처음에는 나의 추억과 연결된 작물을 골라 심었다. 그다음에는 우리 가족이 좋아하는 작물들, 그리고 이웃 텃밭 할아버지가 권하거나 종묘상 사장님이 추천하는 걸 심기도 한다. 그런데 어느 날 오랜만에 뷔페식당에 가서 가족 외식을 하고 돌아왔는데, 아내가 혼잣말로 "우리도 그린빈 농사지어서 실컷 먹어 봤으면 좋겠다."고 하는 것이 아닌가. 뷔페식당에서 그린빈을 여러 번 갖다 먹더니 계속 생각이 나나 싶어, 나는 바로 다음 날 종묘상으로 달려가 그린빈 씨앗을 구해 왔다. 그렇게 그린빈은 없어서는 안 될 나의 텃밭 식구가 되었다.

요리를 좋아하는 아내는 새로운 식재료에 대한 호기심이 강하다. 그린빈도 그런 호기심 때문에 접하게 되었는데, 이제는 고기 구워 먹을 때 빠지지 않고 등장하는 단골 식재료가 되었다. 싱그러운 초록색의 그린빈은 색깔만으로도 식욕을 돋우는 묘한 매력이 있다. 내가 어릴 적에 맛보던 콩꼬투리와는 식감 자체가 다르다. 옛날에는 콩꼬투리를 통째로 모닥불에 구워 껍질을 까 그 안의 콩만 빼 먹었는데, 그것과는 전혀 다른 작물이었다.

그린빈을 심을 때는 두세 알씩 씨앗으로 50cm 정도를 띄워 3~4cm 깊이로 심는다. 콩과 별반 다르지 않게 예쁜 쌍떡잎이 올라오는데, 성장이 놀랍도록 빠르게 진행된다. 벌레가 먹거나 병에 걸리지 않는 그린빈은 관리도 어렵지 않고, 따다 먹기 바쁠 정도로 부지런히 자라난다. 6월부터 꽃이 피는데, 길쭉하게 자라는 열매와 달리 꽃은 가녀리고 청초하다. 연보라색 고운 꽃이 다슬기 모양으로 회오리처럼 피어나는데, 그 모습이 얼마나 아름다운지 모른다. 꽃이 떨어지고 열매가 맺히면 그때부터 수확할 수 있는데, 조금만 늦어도 꼬투리의 섬유질이 질겨져 맛이 떨어지기 때문에 타이밍을 잘 봐야 한다. 그린빈은 언제 수확하느냐에 따라 맛의 차이가 미묘하게 달라진다. 적당히 부드럽고 고소한 맛이 나는 때에 바로 따서 싱싱하게 먹는 그린빈은 마트에서 파는 냉동 그린빈과는 차원이 다르다. (그린빈 역시 처음에는 엄청 많이 심었다. 그런데 열매 맺는 속도가 어마어마해서 이제는 여덟 포기 정도

 매일 아침 나는 텃밭에 간다

만 키운다. 딱 우리 네 식구 먹기에 알맞은 양이다.)

그린빈은 완숙기를 거치고 나면 식재료로 이용하기 애매하다. 푸릇푸릇함이 한창인 성장기에 채취해야 맛도 식감도 좋다. 내가 적당한 때에 수확한 그린빈을 아내가 넘겨받으면 또 다른 모습으로 변신한다. 다진 마늘과 굴소스를 넣고 휘리릭 볶은 그린빈 볶음 요리는 식탁을 빛내 주는 주역으로 손색이 없다. 푸릇푸릇한 그린빈 덕분에 우리 가족의 식탁은 더 풍요롭고 싱그러워진다. 새로운 식재료가 주는 맛의 향연으로 하루가 행복해진다.

**텃밭 레시피**

**그린빈 볶음**

**1** 그린빈을 준비한다. 크기가 큰 것들은 알맞게 잘라 준다.
**2** 팬에 기름을 두르고 마늘 편을 썰어서 볶아 주다가 그린빈을 넣고 함께 볶는다.
**3** 굴소스, 진간장 넣고 섞어 볶다가 물 조금 넣고 뚜껑 덮고 1~2분 정도 익힌다.
**4** 뚜껑 열고 후추 뿌려 한 번 섞고 불을 끈 후에 참기름을 둘러 준다.

# 오이의
# 생명력

　오이 모종을 사서 심는 5월에는 심어야 할 텃밭 작물들이 많다. 하지만 오이는 늘 우선순위에 두고 있다. 오이는 땅이 촉촉하고 양지바른 언덕 밑에 심고 덩굴손이 잡고 오를 수 있는 지주대를 'A' 자로 세워 주어야 한다. 초기에 나오는 곁가지 덩굴과 하단의 잎들을 정리해 주고, 덧거름을 챙겨 주고, 관수만 신경 써 주면 거침없이 뻗어 나간다. 엄지손가락만 한 아기 오이들이 눈에 보일 만큼 쑥쑥 자라는 모습을 보면 자식이 커 가는 기쁨 못지않다. 그 자라는 속도가 정말 빨라서 조금만 더 키워 볼까 욕심을 부리기라도 하면, 아기 오이가 늙은 오이가 되는 건 순식간이다.

　이렇게 잘 자라는 오이가 한번은 제대로 자라지 못하고 고사한 해가 있었다. 매년 5월이 되면 오이 모종 세 포기를 들여와 텃밭에 정성스레 심고 퇴비를 준다. 그런데 그해에는 이상하게도 두 포기는 죽고, 한 포기마저도 올곧이 성장하지 못했다. 어린 시절 어머니가 밭둑에 심은 오이 덩굴은 어떻게 늘 무성했을까? 아마도 어머니는 당신만의 농사 노하우에 정성 한 스푼, 가족들에 대한 사랑 한 스푼, 모두의 건강을 위한 기도 한 스푼을 넣어 오이를 가꾸셨을 거다. 그렇다면 나에게 부족한 것은 무엇일까? 정성? 사랑? 기도? 무엇이 문제인지 답을 찾지 못한 채 아쉬움을 달래며 소량의 오이를 수확한 것에 만족해야 했다.

그런데 봄이 한참 지나 여름의 중간 7월이 되었을 때 생강을 사기 위해 들른 종묘상에서 끝물로 남은 오이 모종을 만나게 되었다. 나는 갑자기 도전 의식이 샘솟았다.

"사장님, 지금 오이를 심어도 먹을 수 있나요?"

사장님은 빙그레 웃으며 느긋한 얼굴로 대답했다.

"못 먹으면 말지요."

사장님의 초연한 말에 순간 마음이 편해진 나는 "세 포기만 주세요!" 했다.

사장님은 인심 좋게 "남은 것 다 가져가요!" 하신다.

텃밭에 도착한 나는 부랴부랴 완두콩을 수확한 자리에 오이 모종 네 포기를 심었다. 내 눈에는 시들시들해 보이는 녀석들이라 큰 기대를 하지 않았다. 그리고 오이를 심는 철도 지나지 않았는가. 사장님 말대로 '못 먹으면 말지'란 마음이 었다. 그런데 며칠 뒤 누런 잎이 금세 땅의 기운을 받아 밝은 녹색을 띠더니 무럭무럭 자라는 것이 아닌가! 맙소사! 내가 너희를 몰라도 한참 몰랐구나. 미안하다. 반성하며 웃거름을 주고, 곁순을 제거해 주었다. 그 뒤로 또 일주일이 흘렀다. 오이는 봄에 심었던 녀석들보다 더 빨리 건강하게 자라나 꽃을 피우더니 새끼손가락만 한 열매를 키우고 있었다. 생명은 이리도 신비하고 오묘한 것이다. 농부의 사전에 포기란 없는 것인데, 내가 이들의 생명력을 의심하며 나의 지식과 경험에 만 의지해 지레 포기하는 마음을 가졌던 것이 부끄러웠다. 또 반대로 수확량에 대한 욕심보다는 잘 자라기를 바라는 응원과 기도가 필요함을 느꼈다.

완두콩 줄기가 타고 오르던 지주대를 오이 덩굴이 타고 오른다. 열심히 위로 위로 올라가는 덩굴손이 기특하고 예쁘다. 어쩌면 끝물 오이 모종에게 보였던 의심은 나의 욕심에 기인한 것인지도 모른다. 아주 튼실한 오이 열매를 어마어마하게 수확해 보겠다는 욕심. 그 기준에 도달하지 않으면 그것은 실패나 다름없다고 생각한 마음 때문에 네 포기의 오이

                                   매일 아침 나는 텃밭에 간다

를 제대로 보지 않은 것이다. 아이러니하게도 오이는 나의 부담스러운 욕심에서 벗어나 자신의 의지대로 생명을 키워 스스로 일어섬을 당당히 보여 주었다.

흉작의 아픔을 풍작의 기쁨으로 바꾸어 준 오이. 무슨 일이든 끝까지 포기하지 말라는 오이의 당부가 싱그러운 오이 향에 실려 내 코끝을 간질인다. 그래, 끝날 때까지 끝난 게 아니야!



나는 오이만 심플하게 들어간 김밥을 좋아한다. 그런 나를 위해 아내는 초간단 오이 김밥을 만들어 준다.

**1** 오이를 얇고 동그랗게 썰어서 소금에 절여 꼭 짠다.

**2** 기름 없이 팬에 센불로 살짝 볶아 주고 참기름과 깨를 갈아서 섞는다.

**3** 김밥에 넣어도 맛있지만 밥에 섞어 유부초밥을 만들어 먹으면 오독오독 씹히는 오이가 별미다.

남천바오 할부지의
텃밭 도구들

# 뽀빠이 시금치 VS
# 채소 왕 아욱

1960~70년대에 우리나라에 처음으로 방영된 만화 영화 〈뽀빠이〉는 어린이들의 인기를 한 몸에 받았다. 정말 먹기 싫은 시금치를 뽀빠이 덕분에 먹었다고 할까? 뽀빠이가 시금치 먹고 힘이 세져 위기에 처한 올리브를 구하는 장면을 보고 어찌 안 먹을 수 있겠는가. 이 만화 덕분에 시금치는 영양소가 풍부하고 힘이 세지는 상징적인 채소로 인식되었다. 사실 시금치에 그 정도로 철분이 많이 들어 있는 건 아니라고 하지만, 여전히 내 눈에는 시금치가 힘이 불끈 솟게 만드는 마력의 채소처럼 보인다.

영양 면에서는 과장된 면이 있다 해도 시금치가 겨울 추위를 이겨 내고 얼었다 녹았다 하며 꿋꿋하게 자라는 모습을 본 사람이라면, 시금치의 강한 생명력과 정신을 흡수하고 싶어서라도 먹고 싶은 마음이 들지 않을까 싶다. 시금치는 주로 가을 재배를 하는데, 한겨울에 땅에 바짝 붙어 천천히 자란다. 이런 식물을 로제트라고 하는데, 위로 자라기보다는 최대한 땅과 가까이 있으면서 옆으로 잎을 키우는 걸 말한다. 아무래도 키가 크면 찬바람을 많이 맞을 테니, 땅의 온기를 조금이라도 받으며 겨울을 버티려는 지혜가 아닐까?

흙에 뿌려진 씨앗은 단단한 흙을 뚫고 싹을 내민다. 그리고 추위 때문에 벌레들이 사라져 병충해 걱정 없이 무럭무럭 자란다. 그래서인지 시금치가 담고 있는 초록은 더 유난히 초록초록해 보인다. 처음에는 시금치 녀석 때문에 가슴을 졸이기도 했다. 고수, 루꼴라와 함께 파종했는데, 시금치만 발아 소식이 없었던 것이다. 씨앗이 안 좋았나, 파종 시기가 늦었나, 이런저런 걱정을 하던 중에 뒤늦게 삐죽 고개를 내밀기 시작한 잎을 보고서야 겨우 안도의 한숨을 내쉬었다. 일단 싹을 틔우고 나니, 그다음부터는 속을 썩이지 않았다. 싹을 틔울 시기는 시금치 자신이 가장 잘 알 텐데, 나는 또 조바심을 내며 괜한 씨앗 탓만 했다.

시금치를 한 바구니 수확해 집에 가면, 아내의 얼굴이 보름달처럼 환해진다. 겨울 눈보라를 이겨 낸 시금치는 이파리도 도톰하고 맛도 훨씬 달기 때문이다. 아내는 나를 본체만

　　　　　　　　　　　매일 아침 나는 텃밭에 간다

체하고, 시금치를 얼른 받아 들더니 신문지를 펼쳐 놓고 다듬기 시작한다. 흙이 한 바가지 나오는데도 싱글벙글이다. 이렇게 아내의 손길로 깔끔하게 다듬어진 시금치는 부드럽고 달콤한 시금치된장국, 시금치 김밥, 잡채, 시금치나물 등으로 다채롭게 변신한다. 이처럼 우리 집 가을과 겨울 식탁은 매일매일 시금치로 푸릇푸릇해진다. 시금치는 가을 내내 먹고 겨울 지나 봄까지도 기죽지 않고 버텨서 채소 귀한 철에 우리 가족의 건강을 톡톡히 책임진다.

이렇게 시금치 예찬을 늘어놓다 보니, 한 친구가 아쉬워할 것 같다. 그건 바로 '아욱'이다. 칼슘과 철분 함유량으로 치면 아욱이 훨씬 많다. 오죽하면 중국에서 '채소의 왕'이라고 불리겠는가. 아욱을 텃밭에 심게 된 연유는 된장국 때문이다. 시금치, 냉이, 쑥, 배추, 시래기, 호박잎 등 텃밭에서 자라는 채소들 중에 된장국에 안 넣어 본 것이 없다. 그런데 채소 가게에서 늘 보게 되는 아욱이 생각났다. 아욱된장국은 좋아하면서 왜 텃밭에 아욱 키워 볼 생각은 못 했지?

주변에 아욱에 대해 물어보니 다행히 재배가 어렵지 않다고 했다. 한번 심으면 두고두고 채취해 먹을 수 있다고 하니,

가성비가 괜찮은 작물이다. 아욱 씨앗을 구입한 나는 이미 꽃대가 올라와 더 이상 먹을 수 없게 된 시금치를 캐내고, 그 자리에 고랑을 만들어 아욱 씨앗을 뿌렸다. 아욱 씨앗은 엄청 작아서 줄뿌림으로 파종해야 한다. 씨를 뿌린 후 고운 흙으로 덮어 주며 새싹이 잘 돋아나기를 기도했다. 이렇게 파종한 다음에는 기다림이 필요하다. 기다리는 시간이 나에게는 늘 괴롭다. 빨리 싹이 트고 잎과 줄기가 자라 열매가 맺히는 걸 보고 싶은데, 싹 틀 기미가 보이지 않으면 마음에 먹구름이 드리우기 시작한다.

아욱 역시 시금치 때처럼 발아가 좀 늦는다. (이건 전적으로 내 기준이다.) 발아가 비교적 빠르다는 아욱이 2주가 다 되도록 새싹이 보이지 않는다. 내가 흙을 너무 두텁게 덮었나? 기온이 안 맞아 싹이 못 트는 건가? 그렇게 내 마음을 들었다 놨다 하던 아욱이 어느 날 가녀린 연둣빛 싹을 드러냈다. 와! 네가 아욱이구나! 이렇게 태어난 아욱은 잡초를 제거해 주고 관수를 하며 돌보니 쑥쑥 자라기 시작했다. 10일 정도 지나 적당히 솎아 주고 틈새를 넓혀 주니 역시나 무럭무럭 자란다. 비를 몇 번 맞고 살짝 거름주기를 더하니 "내가 바로 아욱이오!" 소리치는 것 같다. 어여쁘다.

　　　　　　　　　　　　　매일 아침 나는 텃밭에 간다

큰 잎부터 따서 가지런히 모아 집에 가져가니 아내는 또 이것으로 무슨 요리를 할까 골똘히 생각한다. "고민할 거 뭐 있어. 아욱된장국 시원하게 끓여 먹으면 되지!" 나는 벌써부터 아욱된장국에 밥 말아 먹을 생각에 침을 꼴깍 삼킨다. 그런데 아내는 항상 기대하는 것 이상으로 밥상을 차려 낸다. 아욱된장국은 기본이요, 처음 보는 아욱전을 접시에 가지런히 담아 선보였다. 나물이라면 깜박 죽는 남편을 위해 아욱나물도 조물조물 무쳐서 말이다. 여기에 막걸리가 빠질 수 없지! 오랜만에 아내와 함께 술잔을 기울이며 아욱 맛을 오롯이 느껴 본다.

---

**텃밭 레시피**

## 아욱전

**1** 아욱을 먹기 좋게 썬다.

**2** 마른 새우를 다지거나 갈아서 넣는다.

**3** 액젓으로 살짝 간하고 다진 마늘도 조금 넣는다.

**4** 부침가루에 물 섞어서 노릇하게 굽는다.

# 아삭아삭
# 고구마 순 김치

어린 시절 나는 퍽퍽한 식감의 고구마를 별로 좋아하지 않았다. 겨울방학이 되면 방 윗목에 놓여 있던 뒤주에 고구마가 가득 찼다. 하루 세 끼 중 두 끼는 고구마를 먹었다. 아침 식사는 아버지가 계셔서 꽁보리밥이라도 먹을 수 있었지만, 아버지가 일 나가시면 우리 육남매는 점심과 저녁을 찐 고구마로 때워야 했다. 그나마 운이 좋으면 동치미 국물이 곁들여졌지만, 나는 허기만 달래는 정도로 찐 고구마를 입에 댔을 뿐, 한 번도 좋아서 먹은 기억이 없다. 밥이 너무 먹고 싶었던 나는 아버지를 인형으로 만들어 밥상 앞에 앉혀 놓고 싶다는 말까지 했다. 엉뚱한 아들의 말에 어머니는 빙그레 웃으셨지만, 속마음은 찢어지셨겠지. 그때 이후로 어머니는 돌아가시기 전까지 나에게 "아직도 고구마 안 먹냐?" 하고 묻곤 하셨다. 자식들에게 구황 작물만 먹였던 그 시절에 대한 미안함 때문이셨을 거다.

이제 고구마는 구황 작물이라는 이미지를 벗어 버린 지 오래다. 국민 간식으로 등극한 고구마는 다양한 모습으로 우리의 입을 즐겁게 한다. 어린이들을 위한 고구마 맛탕, 겨울의 추위를 잊게 하는 뜨끈뜨끈한 군고구마, 부드럽고 달콤한 고구마 케이크. 게다가 식이섬유 함량이 높고 포만감을 주어 다이어트 식품으로 인기다. 가족들도 다 좋아하는 고구마이니 텃밭에 안 심을 수가 없다.

고구마는 양파와 마늘을 캔 자리에 심는다. 그래서 종종 양파와 마늘을 수확한 후인 6월로 미뤄지곤 하는데, 고구마 대여섯 개를 미리 땅에 묻어 두었다가 싹을 틔우고 줄기를 내어 모종을 만들어 심기도 하고, 급하면 단골 모종 가게에서 모종을 구입해 심기도 한다. 이렇게 고구마는 느지막이 심어도 성장 속도가 빨라 가을 수확이 가능하다.

고구마를 심기 전 먼저 퇴비를 뿌리고 밭을 갈아 1~2주 시간을 준다. 퇴비는 산성이 강해 식물들의 초기 성장에 어려움을 줄 수 있어 중화시키기 위해서다. 골을 타고 비닐 멀칭을 한 다음 약 40~50cm 간격으로 잔뿌리가 나기 시작한 줄기 모종을 사선으로 찔러 넣어 깊이 심어 준다. 시중에 파는 고구마 심는 도구가 있기는 하지만, 나는 손수 만든 도구를 사용한다. 엄지손가락 굵기의 나뭇가지를 다듬어 끝에 홈을 내면 끝이다. 그것으로 고구마 줄기 끝을 땅속에 밀어 넣는다. 늦게 심은 고구마는 서리가 내리기 직전까지 기다려 줘야 한다. 그래야 땅속에서 덩어리가 충분히 굵어지기 때문이다.

고구마를 수확할 때는 줄기부터 제거한 후 멀칭했던 둔덕의 비닐을 꼼꼼하게 걷어 낸다. 땅속에 조금의 비닐 조각도 남아서는 안 되기 때문이다. 자칫 환경 오염원이 될 수도 있다. 그다음에는 큰 호미를 사용해 조심스럽게 고구마를 찾는다. 호미에 찍히지 않게 살살 캐내는 게 관건이다. 불그스레한 고구마가 탐스럽게 흙 밖으로 올라올 때는 마치 보물을 찾은 것처럼 기쁘다.

나는 아직도 찐 고구마를 즐겨 먹지는 않는다. 굳이 먹는다면, 생고구마나 군고구마 정도다. 사실 내가 좋아하는 건 고구마 순이다. 고구마는 덩굴로 세력 확장을 하는데, 중간에 덩굴 정리를 해주어야 한다. 그때 거둬들이는 고구마 순을 생선조림 할 때 자주 넣어 먹는데, 그 맛이 아주 기가 막

     매일 아침 나는 텃밭에 간다

히다. 고구마 순으로 만든 나물은 말할 것도 없다. 줄기의 질
긴 껍질을 까고(이 부분이 가장 고된 노동이지만, 손끝이 까매지
도록 껍질을 까는 일조차 즐겁다.) 데쳐서 들기름에 볶아 깻가루
를 듬뿍 뿌려 먹으면 고소하고 담백한 맛이 일품이다. 데쳐
서 말려 두었다가 묵나물이나 탕 요리에 넣어 끓이면 머윗대
나 고사리, 토란대가 부럽지 않을 만큼 맛있다.

내가 고구마 순 타령을 하자, 아내가 고구마 순으로 새로
운 음식을 선보이겠다고 선언을 했다. 나는 과연 어떤 음식
이 탄생할지 가슴 설레며 고구마 순 껍질 까는 일을 도맡아
하겠다고 나섰다. 나의 열 손톱 밑은 금세 줄기의 진액으로
새까매졌다. 이 까만 물은 며칠 가겠구나 싶었다. 하지만 고
구마 순으로 아내가 해줄 음식을 놓칠 수는 없다. 껍질을 깐
고구마 순을 씻어서 가지런히 정리해 아내에게 바치자, 아내
는 갖가지 양념들을 넣고는 버무리기 시작했다. 맙소사! 침
이 꼴깍 넘어가는 비주얼의 고구마 순 김치가 뚝딱 만들어졌
다! 그날 저녁 나는 고구마 순 김치 맛에 반해 밥을 몇 공기
를 해치웠는지 모른다. 이렇게 해서 아삭아삭하고 간이 적
절히 배어든 고구마 순 김치는 나의 밥도둑 리스트에 새롭게
이름을 올리게 되었다.

고구마 순 김치에 대한 보답으로 나는 모처럼 텃밭 화구에 모닥불을 피워 놓고 고구마를 구웠다. (아내도 군고구마를 좋아한다.) 가을걷이를 끝낸 텃밭은 주황빛 모닥불의 온기로 가득하고, 호일에 감싸져 노릇노릇 익고 있는 군고구마는 우리 부부의 마음을 풍요롭게 만들었다. 행복이 별건가 하면서 옛 추억으로 이야기꽃을 피우다 보니 군고구마가 제법 익었다. 부지깽이로 꺼내 호일을 벗겨 호호 식히며 먹는 군고구마. 김이 모락모락 피어오르는 군고구마처럼 우리의 행복도 모락모락 피어올랐다.

---

**텃밭 레시피**

## 고구마 순 김치

**1** 고구마 순 껍질을 벗긴다.

**2** 끓는 물에 소금 한 스푼 넣고 살짝만 데쳐서 바로 찬물에 헹궈 물기를 빼 준다.

**3** 빨간 고추와 양파를 갈아 준다.

**4** 매실액, 멸치(까나리)액젓, 새우젓, 마늘, 생강, 고춧가루를 골고루 섞는다.

**5** 부추랑 양파를 썰어서 함께 무친다.

**6** 최종 간은 소금과 액젓으로 한다.

# 바질 향으로
# 떠나는 여행



곤충계에서 호랑나비 애벌레가 노란 뿔과 함께 냄새를 분비하는 것처럼, 식물계에서도 독특한 향을 풍기는 친구들이 있다. 냄새로 강인함을 표현하거나 자기방어적인 기제로 냄새를 분비하는데, 곤충들의 보호색과 마찬가지로 살아남기 위한 방법들 중 하나다.

그중 뒤늦게 알게 된 식물이 바질이다. 아내가 제빵을 독학으로 공부하던 시절이었는데, 갓 구워 낸 바게트에 바질 페스토를 두텁게 발라 한 입 먹어 보라고 주었다. 처음에는 초록색의 잼도 아닌 것이 낯설었는데, 향은 고급지고 매력적이었다. 그렇게 만나게 된 바질은 나를 다른 세계로 여행시켜 주는 역할을 했다. 식빵, 베이글, 치아바타 등 아내가 구운 모든 빵에 바질 페스토를 발라 먹으면 유럽 도시 어딘가로 순간 이동한 느낌이 들었기 때문이다. 맛과 향으로 자유롭게 여행하는 기분을 즐기는 건 나만의 소박한 여행법이기도 하다.

　어느 날 종묘상에서 바질 씨앗을 발견한 나는 주저함 없이 가져다가 텃밭에 심었다. 아내에게 바질 공급은 내가 책임질 테니 걱정 말라고 큰소리도 쳤다. 바질을 한 번도 키워 본 적 없었으면서 말이다. 다행히도 바질은 착한 식물이었다. 매년 심은 대로 싹이 트고 잔병 없이 건강하게 자라고 있다. 텃밭에서 일하다 살짝 건드리면 바질 향이 텃밭 전체에 진동을 한다. 바질은 누군가의 움직임에 자극을 받아 위협용으로 뿜어내는 냄새겠지만, 나는 그 향을 즐기고 있으니, 바질 입장에서는 공격 실패다.

　아내는 내가 수확한 바질을 생으로 갈아 몇 가지 양념과 간을 더해 먹음직스러운 바질 페스토를 만들어 낸다. 또 잘 말려서 가루를 내어 향신료로 쓰거나 파스타를 먹을 때 장식으로 얹어도 기가 막히다. 바질을 채취하고 나면 그날은 물론 다음 날까지도 손에서 향긋한 향이 난다. 그래서 텃밭에 가면 바질부터 한 잎 따서 손에 비비고 일을 시작한다. 정말 고맙고 감사한 바질이다. 앞으로도 바질은 언제까지나 함께할 변함없는 텃밭 친구가 될 것이다. 어디 입으로 먹는 음식

만 보약일까? 코로 맛보는 바질이야말로 뇌를 즐겁게 하는
참 보약인 듯하다.



　이제 텃밭의 바질들이 나의 손길이 공격이 아니라 반가운
인사임을 알아채 주면 좋겠다. 그리고 내가 얼마나 바질 향
을 사랑하는지 전달되면 좋겠다. 가을이 더 깊어지기 전에
남은 바질을 수확해 아내에게 겨우내 풍미를 담당할 바질 페
스토를 부탁해야겠다.

## 고수 마니아
## 후배 가족을 위해

　　보통 향이 강한 채소에 거부감을 느끼는 사람들이 많은데, 나는 채소에 있어서는 도전 의식이 강한 편이다. 어떤 향과 맛을 가졌는지 궁금해서 일단 냄새를 맡고 입으로 씹어 먹어 본다. '고수' 같은 경우엔 중국에서 잠깐 공부할 때 친해진 채소다. 사람들은 고수가 난이도 있는 향 채소라고 하는데, 나는 처음 맛본 순간부터 쌀국수, 마라탕에 듬뿍 넣어 먹는 건 기본이고, 고수 무침도 즐겨 먹는다.

　　남바할 텃밭에 심은 향 채소들은 깻잎, 바질, 고수 등이다. 깻잎은 내가 애정하는 채소이고, 바질은 아내의 요리에 빠질 수 없는 재료라 심었다. 그렇다면 고수는? 고수는 매우 가깝게 지내는 직장 후배의 가족이 고수 마니아라 심게 되었다. 아이러니하게도 우리 집 식구들은 고수를 좋아하지 않는다. 그러니 남바할 밭에서 자라는 고수는 오롯이 후배 가족을 위한 것이다.

　　　　　　　　　　　　　　　　　매일 아침 나는 텃밭에 간다

고수를 심는 김에 루꼴라도 함께 심었다. 새로운 작물에 대한 호기심이 발동했기 때문이다. 둘 다 아주 잘 자라 주어 다행이다. 그 옆을 지나며 살짝 스치거나 손으로 건드리면 특유의 향이 피어오른다. 적이 나타났다 소리치는 것 같다. 그들의 반응이 신기하고 귀엽다. 새로운 호기심으로 시작한 일들은 삶에 생동감과 활력을 불어넣어 준다. 나에겐 고수의 향이 그렇다.

고수가 무럭무럭 자라 수확 시기가 다가왔을 때 후배 가족을 텃밭에 초대했다. 후배 부부와 아들 하나, 딸 하나, 단란한 네 식구다. 그런데 아이들이 텃밭을 자유롭게 다니며 두루두루 살피더니, 고수를 톡 따서 먹는 것이 아닌가. 고수뿐만 아니라, 바질, 부추, 삼채 등을 한두 잎씩 따서 아무렇지 않게 씹어 먹었다. 요즘 아이들이 채소를 저렇게 자연스럽게 먹을 수 있다고? 마치 어린 시절의 나를 보는 듯했다. 텃밭은 아이들에게 대형 마트의 시식 코너와 다름없었다.

고수를 그 자리에서 따 먹으니 향이 더 진하고 맛있다는 두 아이의 소감을 듣고 얼마나 뿌듯하던지! 이것이 바로 농부의 기쁨이 아닐까? 어린 친구들에게 인정받으니 두 어깨가 더 활짝 펴졌다. 집으로 돌아가는 후배 가족에게 밭에 심은 고수를 전부 다 수확해 손에 들려주었다. 자연을 사랑하고, 자연 속에 스며들어 즐기는 아이들의 모습을 보니 조금은 안심이 되었다. 언제까지나 이들을 응원하고 무엇이든 돕는 조력자가 되어 주리라.

## 고수 겉절이

고춧가루, 진간장, 매실, 설탕, 식초에 양파를 채 썰어서 고수와 함께 무쳐 주면 새콤달콤 맛있는 고수 겉절이가 된다. 이국적인 맛 때문에 중국이나 동남아에 여행 온 것 같은 기분을 낼 수 있다.

# 삼채
# 유니버스

　나는 딱 하나로 성격을 규정할 수 없는 존재, 여러 특징이 공존하는 것에 호기심이 발동하고 끌리는 편이다. 그래서 텃밭에 심는 작물들도 익숙한 것들에 머물지 않고, 새로운 시도를 많이 해본다. 단순히 먹거리를 경작하는 게 아니라, 낯선 식물에 대한 연구랄까?

　최근에 나의 레이더망에 걸린 식물은 '삼채'다. 주위에서도 '삼채'에 대해 물어보면 다들 고개를 갸우뚱한다. 반찬으로도 만난 적이 없는데, 밭에서 자라는 삼채를 본 사람은 더 드물었다. 그런데 이 삼채를 고향집 텃밭에서 만났다. 매끈하게 뻗은 잎이 부추와 실파의 중간쯤으로 보였다. 사람으로 치면 꼿꼿하면서 어딘가 날카롭고 깔끔한 성격의 소유자처럼 느껴졌다.

　새벽 공기에 청아한 푸른빛을 발산하는 삼채를 본 순간

나는 남바할 텃밭으로 데려가야겠다는 결심을 했다. 형수님은 나의 분양 요청에 망설임 없이 삼채를 퍼 주셨다. 깊게 호미걸이를 해서 예닐곱 포기를 당겨 내시는데, 포기마다 뿌리가 풍성하게 뻗어 있어 감탄을 했다. 잎이 곧고 당당한 모습이 튼실한 뿌리 덕분이구나 싶었다. 형수님은 삼채가 잎도 뿌리도 버릴 게 없는 알뜰한 녀석이라며 입에 침이 마르도록 칭찬하셨다. 그러면서 삼채를 순식간에 무쳐 밥상에 올려 주셨다. 삼채의 향기와 맛은 낯설면서도 신선했다.

삼채는 마늘, 부추, 인삼, 세 가지 맛을 내서 삼채라는 설도 있고, 매운맛, 쓴맛, 단맛이 다 느껴져서 삼채라는 설도 있다. 이름의 유래처럼 삼채는 오묘한 맛을 지녔다. 잎 무침에서는 부추를 씹는 듯한 향이 나고, 살짝 매콤한 맛도 느껴지고, 뿌리에서는 인삼을 씹는 것 같으니 말이다. 이렇게 매력적인 삼채를 텃밭으로 데려와 심고, 자주 들여다보고 있다.

하루는 단골 보리밥집에 들렀는데, 벽에 삼채의 효능이 대문짝만하게 적혀 있었다. 자주 가는 식당인데 삼채에 대한 내용인 걸 이제야 알다니. 역시 사람은 관심이 없으면 눈길이 미치지 못하나 보다. 삼채는 항암, 혈관 건강, 당뇨 예방,

뼈 건강, 면역력 증진에 좋다고 하는데, 조만간 삼채가 텃밭의 보약으로 등극할 것 같다.

삼채는 잎과 뿌리를 다 먹을 수 있는데, 특히 뿌리는 그 수가 많고 꽤 넓게 뻗어 나간다. 흙 속에서 생명력 넘치게 뻗어 나가는 삼채 뿌리를 보면 모두가 연결된 인간 세상 같기도 하다. 아무리 개인적이고 독립적인 생활을 한다고 해도 혼자 오롯이 살 수는 없다. 모두가 어떻게든 연결되어 있다. 삼채의 뿌리는 흙과 연결되고, 잎은 공기와 하늘과 연결된다. 또한 비를 맞으며 성장하고, 바람과 새를 통해 씨를 퍼뜨린다. 삼채 안에는 여러 가지의 맛이 녹아들고 연결되어 새로운 맛을 창조한다. 그다음에는 우리네 밥상에 올라와 건강한 찬으로 인간의 영양을 책임진다. 삼채의 일부가 우리 몸 속으로 퍼져 나간다. 우리는 삼채 유니버스에 접속되었다!

# 알밤과
# 복란 씨

후드득후드득! 잠시 밭을 둘러보고 농막에 들어와 아침 비에 촉촉해진 풍경을 보고 있는데, 뒷산에서 소리가 들린다. 다시 비가 쏟아지는 건가 하고 문을 열었는데, 앗! 이것은 알밤 떨어지는 소리다!

텃밭 뒤쪽으로 아담하게 자리 잡고 있는 작은 산에서는 늘 다양한 소리가 들려온다. 산새들의 맑은 노랫소리, 바람에 나무가 윙윙 우는 소리, 또르르 하고 나뭇잎에 떨어지는 빗소리, 풀벌레들이 재잘대는 소리, 고라니가 계곡을 타고 넘는 소리, 나뭇가지가 툭 하고 꺾이는 소리, 마른 낙엽이 바스락 구르고 밟히는 소리, 나뭇가지에 무겁게 쌓인 눈이 한꺼번에 쏟아지는 소리. 텃밭에 와서 눈만 감고 있어도 뒷산의 오케스트라 연주가 울려 퍼진다.

그중에서도 알밤 떨어지는 소리는 나를 본능적으로 움직

이게 만든다. 아내를 위해 배추와 무를 살피러 왔는데, 그 일은 벌써 뒷전이 되어 버렸다. 다람쥐처럼 뒷산을 잽싸게 타고 오르니 밤나무 밑에 귀여운 알밤들이 반짝거린다. 푹신한 낙엽 이불 위로 무수히 떨어진 알밤들이 "나를 주워 주세요!" 하고 소리치는 것 같다.

산에서 저절로 자라난 산밤나무에 열리는 밤을 '산밤' 또는 '쥐밤'이라고도 하는데, 일반 밤보다 크기가 작은 토종밤이다. 작다고 무시하면 안 된다. 알밤의 달고 고소한 맛을 본 사람은 그것만 찾게 되기 때문이다. 코흘리개 시절, 밤 익는 가을이면 누가 깨우지 않아도 아침 일찍 일어나 눈곱만 떼고 바로 밤나무 숲으로 달려갔다. 햇빛에 반짝이는 빨간 알밤들이 포탄처럼 나무에서 우수수 떨어지고, 그걸 신이 나서 줍다 보면 해가 중천에 뜨던 밤나무 숲에서의 시간들이 문득 그리워진다.

막 떨어진 알밤은 그 자리에서 까먹어야 제맛이다. 맛있는 알밤 고르는 법을 알려 주겠다. 막 나무에서 떨어진 신선한 알밤은 속이 촉촉해서 알맹이가 껍질과 잘 분리된다. 하지만 떨어진 지 한참 지난 알밤은 그새 말라서 속껍질이 잘

　　　　　매일 아침 나는 텃밭에 간다

분리되지 않는다. 신선한 알밤은 통통하고 밝은 밤색을 띠며, 배 부분이 약간 황백색이다. 이런 알밤을 찾았다면, 앞니로 겉껍질을 까고 떫은 속껍질을 쓱쓱 벗겨 낸다. 그러면 고운 담황색의 알맹이가 드러난다. 그걸 입에 넣고 오도독오도독 씹으면 껍질 때문에 텁텁했던 입안이 말끔하게 씻기면서 고소하고 달콤한 생알밤 맛으로 가득해진다.

아내는 내가 생알밤을 까먹는 걸 보면 말없이 작은 과도를 건넨다. 이제 젊은 나이도 아닌데, 치아가 잘못되면 어쩌나 걱정하는 눈치다. 하지만 생알밤은 이렇게 겉껍질과 속껍질까지 앞니로 손수 까먹어야 본연의 맛을 즐길 수 있으니

어쩌랴. 내 앞니의 건강이 허락될 때까지 생알밤 까먹기 의식은 계속될 것 같다.

뒷산에서 정신없이 주운 알밤이 제법 쌓여 한 말은 족히 되는 것 같다. 배추와 무 대신 알밤 한 자루를 아내에게 건네면 어떤 표정을 지을까? 지난 가을에는 지인들을 텃밭으로 초대해 함께 밤을 줍고 모닥불에 고구마와 함께 구워 먹었다. (밤을 구울 때는 꼭 칼집을 내야 한다. 안 그러면 사방으로 튀어 다칠 수 있다.) 그때 작은 알밤의 위대한 맛을 접한 아내는 모닥불에 구워 먹을 알밤을 골라 농막 냉장고에 보관하고, 나머지는 집으로 가져가 다양한 밤 요리에 몰두했다. 가장 기본이 되는 요리는 약밥이다. 한번은 아내가 추석 명절 때 동물원에 출근한 회사 후배들을 위해 약밥을 한가득 만들어 주었다. 그러면서 껍질도 까지 않은 생밤을 몇 알 따로 챙겨 주는 것이다. "이건 누구 먹으라고?" 하자 "복란 씨 갖다 줘요." 한다.

복란 씨는 20년 지기 오랑우탄 친구다. 처음 유인원을 맡았을 때 침팬지와 오랑우탄 수컷들이 텃세를 심하게 부렸다. 먹고 난 과일 껍질을 집어 던지거나 물을 입에 가득 물고 정조준하여 뿜어 대거나 털을 곧추세워 과시 행동을 하는 등 나를 상대로 군기를 잡으려 했다. 이런 상황에서도 오복란(오랑우탄 복란이) 씨는 차분한 표정으로 눈을 껌뻑거리며 나를 받아 주려고 노력했다. 가장 먼저 마음을 열어 준 고마운 친구다. 나중에 내 옆에 여자 주키퍼가 있으면 심술을 부려 나를 당황하게 만들기도 했지만….

복란 씨와 다른 오랑우탄 친구들에게 알밤을 나눠 주니, 각자 앞니와 입술을 이용해 정교하게 껍질을 까서 먹는다. 역시 가르쳐 주지 않아도 본능적으로 안다. 복란 씨는 똑똑하니까! 무심한 표정으로 차분하게 알밤을 먹는 복란 씨만 보아도 입꼬리가 귀에 걸린다. 사십 대 중반이 된 복란 씨! 또 맛난 거 갖다 줄 테니 건강해요!

---

**텃밭 레시피**
**밤잼**

아내의 밤 요리 중에 내가 좋아하는 건 약밥이지만, 밤밥, 밤식빵, 밤잼 등 밤으로 만드는 요리는 참 여러 가지다. 특히 크래커에 밤잼을 발라 먹으면 그렇게 맛있을 수가 없다. 밤잼을 만들려면, 우선 밤을 삶아 껍질을 벗기고 물과 함께 갈아 준다. 그런 다음 설탕을 넣고 졸이면 되는데, 이때 시나몬 가루를 넣으면 풍미가 살아난다.

# 오직
# 생강 생각뿐

하루는 어떤 텃밭을 지나치다 낯선 작물이 눈에 띄었다. 대뜸 갓길에 차를 세우고 텃밭 주인으로 보이는 할아버지께 여쭈었다.

"어르신, 안녕하세요. 농작물들이 다 건강해 보여요. 농사를 잘 지으시네요. 그런데 저기 있는 작물은 처음 보는데 무엇인가요?"

갑작스러운 칭찬 세례에 어르신은 활짝 웃으며 답하셨다.

"저건 생강이여. 작년부터 심었는데 제법 쏠쏠해."

그때부터 나는 생강 생각뿐이었다. 7월경 종묘상에 들러 생강도 모종이 나오냐고 물었더니, 사장님이 지금 심어도 안 늦는다고, 가져가 심어 보라고 한다. 그렇게 해서 남바할 텃밭 가족 리스트에 생강이 추가되었다. 이끌리는 대로 생강 네 그루를 텃밭으로 데려왔다. 마침 완두콩을 수확하고 비어 있던 자리가 있어 오이 덩굴 아래쪽으로 터를 잡아 주었다.

    매일 아침 나는 텃밭에 간다

생강은 오이 덩굴손과 다투기도 하고, 매달린 오이에 줄기와 잎이 눌리기도 하면서 최선을 다해 자라났다. 오이 때문에 힘들어진 환경을 탓하지 않고 힘껏 자라는 생강이 기특하고 고마웠다. 오이 덩굴 아래서도 생강은 깨끗하고 통통한 줄기를 뻗고, 푸릇푸릇 청아한 잎을 선보였다. 흙 사이로 살짝 드러난 뿌리와 새로 돋는 눈까지 전부 매혹적이었다. 10월 말 오이 수확을 끝내며 덩굴을 걷어 주니 이제야 시원하게 기지개를 켜는 듯 보였다.

생강은 자주 사용하지 않지만, 비릿한 생선을 먹을 때 없어서는 안 되는 식재료이다. 마치 주연 같은 조연이랄까? 게다가 김장할 때도 빠뜨릴 수 없다. 이제 우리 가족이 먹을 김장김치에 직접 키운 생강을 갈아서 넣는다고 생각하니 양쪽 어깨에 힘이 들어간다. 배추, 무, 고춧가루, 마늘, 대파, 쪽파, 갓, 생강까지 남바할 텃밭에서 나온 것들로 채워진 김장김치는 그 무엇과도 바꿀 수 없을 것이다.

생강 수확을 처음 하는 날! 흥분과 긴장이 손끝까지 찌릿하게 전해진다. 흙 속에 숨어 있던 생강이 때깔 고운 자태를 보이던 순간, 품에 안아 주고 싶을 정도로 예뻐서 탄성을 질렀다. 옆에 있던 아내도 감탄사를 연신 내뱉는다. 토실토실한 생강이 이렇게 사랑스럽다니! 김장에 쓰고 남은 건 생강청으로 만들 것이다. 생강청으로 타 먹는 생강차는 한겨울 추위도 거뜬히 물리칠 수 있는 온기를 선물하겠지. 고맙다, 생강!

# 사계절이 담긴
# 과일청과 담금주

과실수를 심으면 생과일을 먹는 기쁨도 있지만, 오랫동안 그 향과 맛을 유지하며 맛보기 위해 과일청과 담금주를 만드는 재미도 있다. 아내와 나는 이 부분에서 유독 손발이 더 잘 맞는다. 아내는 요리에 쓸 요량으로 과일청을 담그고, 나는 수확하는 열매들을 보존하며 눈으로 즐기는 목적으로 담금주를 만들기 때문이다. 그래서 농막 안에는 늘 유리병에 담긴 과일청과 담금주가 수두룩하다.

담금주는 단순히 술이라고 말하기엔 좀 아쉬운 부분이 있다. 옛날부터 동양에서는 천연 재료에 의술을 접목해서 담금주, 과일청, 한방차 등을 치료나 예방 차원의 담방약(민간약)으로 이용하는 경우가 많았다. 어린 시절 아버지도 우슬 뿌리, 참빗살나무, 삽주 뿌리, 잔대, 산도라지, 더덕, 영지버섯, 헛개나무, 겨우살이 등을 채취해 담방약을 만드셨다. 동네 사람들은 몸이 안 좋을 때면 아버지를 찾아와 담방약 추천을 받곤 했다. 병원과 약국이 거의 없던 시골에서 의지할 것이라곤 담방약뿐이었다. 동물들도 식물을 이용해 자신의 건강 문제를 해결하는 경우가 종종 있다. 예를 들면, 유인원이 몸이 좋지 않을 때 약효가 있는 식물의 잎을 찾아 먹고, 고양이나 개과 동물이 소화기 내 문제가 생겼을 때 풀을 뜯어 먹고 구토를 유발해 의도적으로 토해 내는 경우가 그러하다.

나에게는 과일청과 담금주에 대한 작은 로망이 있다. 들과 산을 다니다 예쁜 식용 열매를 발견하면 채취해서 단지나 유리병에 설탕과 버무려 담거나 담금주 전용 술을 이용해 숙성시키는데, 이것은 사실 먹기 위해서라기보다는 관상의 목적이 더 크다. 텃밭을 일구기 시작하며 함께하게 된 식물들이 많아지자 이런 욕구가 강해졌다. 주로 매실, 명자, 앵두, 보리수, 비수리, 더덕, 블루베리, 아로니아, 머루포도 등을 청이나 담금주로 담근다.

매실은 2016년부터 청으로 만들어 발효시켜 먹고 있다. 아내는 요리에 매실청을 자주 쓰는데, 자연스러운 단맛을 내고 감칠맛까지 올려 주어서 마법의 청 같다는 생각이 들 정도다. 그녀의 비밀 병기라 할 만하다. 매실청이 없었다면 아

내는 어쩔 뻔했는가. 이따금씩 바비큐를 하는 날이면 아내
는 솜씨 좋게 매실장아찌를 양념하여 내놓는다. 매실장아찌
는 또 다른 매력을 발산한다. 새콤함이 고기의 느끼함을 잡
아 주고 소화도 잘되게 해주니 이보다 좋은 열매가 또 있을
까 싶다.

앵두와 왕보리수를 수확했을 때는 아내가 먼저 담금주를
만들자고 제안했다. 빨간 앵두와 왕보리수 열매가 투명한 유
리병에 담기자 영롱한 보석처럼 반짝였다. 역시 담금주는 입
보다는 눈으로 맛보는 게 먼저다. 이 외에도 비수리를 이용
한 야관문주, 머루포도즙, 아로니아청 등도 텃밭 생활에 작
은 재미를 안겨 준다. 농막 한쪽에 놓인 낮은 탁자 위에 과일
청과 담금주가 담긴 유리병들이 하나씩 늘어갈 때마다 전리
품이 늘어난 것처럼 뿌듯하다. 보기만 해도 고된 농사로 누
적된 피로가 한순간에 날아가는 것 같다. 먹음직스러운 담금
주를 아버지가 보셨다면, 단숨에 비우셨을 것이다. 술 한 모
금 못하셨던 어머니가 늘 담금주를 담그셨던 건 아버지가 즐
겨 드셨기 때문이다. 나는 그런 아버지의 입맛을 닮지는 않
았지만, 다른 방식으로 담금주를 즐기고 있다. 아버지가 살
아 계셨다면, 쯧쯧 혀를 차셨을지 모른다.

오랜 숙성을 거친 과일청은 과육을 걸러 내고, 담금주는 찻숟가락으로 살짝 맛을 본다. 첫맛이 은은하게 혀를 자극하고, 지그시 눈을 감으면 봄, 여름, 가을의 맛이 손에 잡힐 듯 그려진다. 그래, 아버지는 이 맛을 평생 누리셨던 거구나. 이제야 아버지의 담금주 사랑을 조금 이해할 수 있을 것 같다.

     매일 아침 나는 텃밭에 간다

# 초겨울의 연례행사,
# 김장

농부로서 추위를 걱정하면서도 김장철이 되면 오히려 쨍한 추위가 오지 않는 것에 가슴을 졸인다. 김장은 겨울을 앞두고 한국인들이 의식처럼 치르는 연례행사라 해도 과언이 아니다. 가을걷이를 하고 김장을 해야 든든한 겨울을 맞이할 준비가 갖추어지는 것이다. 물론 직접 김장을 하는 집들이 점점 줄어들기는 하지만, 그 마음가짐은 변함이 없다고 생각한다.

어머니는 어려운 살림에도 해마다 거르지 않고 여덟 식구가 먹을 김장을 하셨다. 고된 노동에 가까운 일이지만, 동네 사람들과 함께 김장하는 즐거움을 포기하실 수 없었나 보다. 어린 나는 그저 어머니 곁에서 잔심부름이나 하면서 갓 담근 김치에 삶은 고기 한 점 얻어먹는 기쁨을 마음껏 누렸다. 어머니가 양념에 버무린 노란 배춧속 이파리를 돌돌 말아 내 입에 넣어 주시면 나는 아기 새처럼 있는 힘껏 입을 벌리고 넙죽 받아먹었다. 역시 김장철에 먹는 겉절이와 돼지고기 수육은 포기할 수 없는 맛이다.

이제 어머니의 손맛이 들어간 김치는 맛볼 수 없지만, 그 손맛을 이어받은 형수님이 김장을 해서 보내 주신다. 나에게는 형수님의 김장김치가 어머니의 김장김치다. 늘 나누어 주는 걸 좋아하시는 넉넉한 인심의 소유자, 우리 형수님. 고향에 갈 때마다 온갖 나물과 제철 음식으로 시동생을 위한 푸짐한 밥상을 차려 주시고, 쌀, 고추장, 과일즙 등을 바리바리 싸 주시는 어머니 같은 형수님. 어머니에 대한 그리움을 그나마 참을 수 있는 건 형수님이 계시기 때문이다.

몇 년 전 아내가 큰 결심을 했다. 우리도 직접 김장을 해 보자는 거였다. 한편으론 기쁘면서도 한편으론 불안했다. 점점 나이가 드시는 형수님께 김치를 받아먹기만 해서 죄송한 마음이었는데, 이참에 우리가 김장을 해서 드리면 조금이나마 보답할 수 있을 것 같았다. 그러면서도 '내가 과연 김장 배추를 잘 키워 낼 수 있을까?'란 불안감이 밀려왔다. 고향의 김치 맛을 살릴 수 있을지는 두 번째 문제였다.

 

　처음 김장을 시도하던 날, 나와 아내는 바짝 긴장해서 가슴이 두근거렸다. 만약에 제대로 맛을 구현하지 못하면 애써 가꾼 채소들을 버리는 셈이니, 절대 실패해선 안 된다는 부담감이 양쪽 어깨를 짓눌렀다. 아내도 형수님께 이것저것 물으며 레시피를 외우다시피 했고, 나름대로 연구도 많이 한 듯 보였다. 아내를 믿으면서도 만약 김치 맛이 별로일 때를 대비해 나는 위로의 말을 혼자서 궁리했다. 그런데 우려와 달리 첫 김장 도전은 대성공이었다. 어머니와 형수님의 김치 맛을 거의 백 퍼센트 가깝게 살린 아내는 그제야 안도의 한숨을 내쉬며 밝게 웃었다. 아내를 조금이라도 의심한 나 자신을 탓하며 김치를 맛보고 또 맛보았다. 맙소사! 이 맛을 구현하다니! 나는 바로 아내 앞에 무릎을 꿇었다. 그때부터 김장은 부담이 아니라 설렘으로 다가왔다.

　김장철이 가까워지면 아내가 먼저 내 손을 잡고 종묘상으로 향한다. 올해는 어떤 품종의 배추를 심을까 행복한 고민을 하면서. 김장을 위해선 배추는 기본이고, 무, 갓, 쪽파, 대파까지 여러 채소들을 챙겨야 한다. 8월 중순이 지나면 텃밭에 무씨와 배추 모종을 심고 돌산갓과 쪽파, 대파도 심는다. 무는 씨앗을 세 개씩 30~40cm 간격으로 심는다. 발아

하여 자라는 상황에 따라 솎아 주고 최종적으로 하나씩 키워
낸다. 발아가 안 되거나 어린 순이 벌레로 인해 다칠까 봐
공간에 여유를 주는 것이다. 배추는 모종으로 40~50cm 간
격으로 심는다. 갓은 씨앗으로 골뿌림을 하고 커 가는 과정
에서 솎아 내어 쌈으로 먹고 김장까지 연결한다.

김장 준비를 위해서 먼저 쪽파와 대파를 뽑는다. 아내가
파를 다듬는 동안 나는 돌산갓을 뽑아 1차 손질을 한다. 그
다음엔 무청을 자른다. 내가 정말 좋아하는 것이 시래기인
데, 텃밭 잣나무 그늘에 푸르게 말려 일 년 내내 아껴 먹는
다. 된장국, 각종 탕이나 찜에 모두 잘 어울리는 시래기는 선
조들의 지혜가 담긴 민족 식재료다.

그다음 순서로 배추를 뽑는다. 기왕이면 배추 우거지도
말려 본다. 예쁘게 다듬은 쪽파, 대파, 돌산갓, 배추와 무를
집으로 옮기면서 엄청난 갑부가 된 느낌이다. 배추를 쪼개
고, 씻고, 절이고, 양념을 만들고 최종 담그는 데까지 아내는
한 치의 양보도 없다. 여기서 내 역할은 그저 잔심부름을 하
거나 간을 보는 것이 전부다. 노란 배춧속의 달큼한 맛이 입
안에 퍼진다. 나의 농사가 헛된 일이 아니었음을 그 단맛이

     매일 아침 나는 텃밭에 간다

말해 준다. 그 맛은 빛과 바람과 대지의 양분과 나의 구슬땀
과 아내의 수고가 깃든 결과물이다.

김장이 끝난 텃밭에서 우거지와 시래기가 곱게 말라 간
다. 찬바람과 깊어진 해를 맞으며 영양가는 높아지고 저장성
은 길어진 귀한 식재료로 재탄생될 것이다. 바스락바스락 마
르면 영 거칠거칠할 것 같지만 불리고 삶고 반찬이 되는 순
간, 그리 부드러울 수가 없다. 채 마르기도 전에 군침이 돈
다. 그래, 이런 게 사는 맛이지!

**텃밭 레시피**

**김장
김치**

김치 양념이 깔끔한 걸 좋아하는 아내는 무를 채 치지
않고 갈아 넣는다. 갓이나 쪽파도 작게 썰고 많이 넣지
않는다. 김치 간은 주로 젓갈로 한다. 기본적으로 멸치
액젓을 많이 사용하고 새우젓, 꽃게액젓, 갈치액젓 등
을 추가한다.

# 3부　자연 속에서　연결된

# 우리

# 바오패밀리와 식물 친구들의 인연

"아빠가 좋아, 엄마가 좋아?"

아이들에게 이런 질문을 한다면, 어떤 아이는 속마음을 대뜸 말하기도 하지만, 어떤 아이는 대답을 회피하며 어른들의 눈치를 볼 것이다. 상황이 애매할 때는 어느 쪽도 선택하지 않고, "둘 다 좋아요!"가 가장 현명한 대답이 된다. 그렇다면 누군가 내게 "동물이 좋아요, 식물이 좋아요?" 하고 묻는다면 나는 어떻게 답할 것인가? 물론 고민할 필요도 없이 "둘 다 좋아요!"이다.

동물원에 입사한 지 39년이 지나고 있다. 어린 시절을 회상해 보면 동물도, 식물도 내게는 힘든 가사 노동이었다. 벼농사를 짓고, 담배, 고추, 배추, 무 등 철따라 갖가지 작물 재배를 생업으로 하시는 부모님을 돕기 위해 학교에서 공부하는 시간 외에는 늘 밭에 나가 내 몫의 일을 했다. 그뿐인가? 해가 지기 전에 꼴을 베고, 지금처럼 맞춤형 고급 사료가 없던 시절이니 볏짚과 등겨를 넣어 쇠죽을 끓이고, 누에를 치기 위해 뽕잎을 따다 알의 단계부터 5령까지 누에를 기르고 누에고치를 손질해 출하하기까지 끊임없이 이어지는 노동의 시간들을 보냈다.

그러나 고단한 노동 속에서도 송아지의 눈망울은 예뻤고, 내게 볼을 비비던 황소는 마음을 터놓는 친구였다. 겨울철 농한기에 아버지와 형이 사냥해 온 토끼가 안쓰러워 몰래 풀어 주고 크게 혼쭐이 난 적도 있었다. 그때 아버지의 불호령에도 토끼를 풀어 보낸 것은 잘한 일이라고 스스로 뿌듯해했다. 밭에는 감나무, 집 앞 개울가에는 밤나무가 있어서 좋았고, 마을의 들판과 깊은 산세가 늘 따뜻하게 나를 품어 주었다.

그렇게 자연 속에서 자라난 내가 동물원에 들어와 일하면서 동물들의 눈망울을 통해 위로를 받을 때마다 우리 집 황소가 생각났고, 나는 역시 동물들에게서 치유를 받는구나 생각했다. 그리고 이 동물 친구들을 위해 식물들을 가까이 두고 싶다는 바람이 생겼다. 원래 물길이 있는 곳에 식물이 자리를 잡고, 식물이 우거지는 곳에 곤충과 새와 여러 동물들이 모여들고, 그다음에 사람들이 자리를 튼다. 그러나 이런

먹이사슬 같은 연결 고리가 어느 한 부분 단절되면 탈이 생긴
다. 그런 연결 고리에 조금이나마 도움이 되길 바라며, 동물
들의 공간에 식물을 접목하고 싶은 마음이 간절했던 것이다.

그 바람은 바오패밀리가 사는 공간에서 실현되었다. 내실
에는 남천과 관음죽, 팔손이 등 화분을 배치하고, 외부 놀이
터에는 유채나 천일홍, 백일홍 등 꽃나무와 관목인 남천을
심어 작은 숲을 만들어 보자는 식재 계획이 머릿속에 그려지
면서 지속적으로 실행에 옮겼다. 그리하여 지금의 바오패밀
리가 지내는 자연 친화적인 공간이 탄생한 것이다. 이 마음
은 텃밭으로도 이어져서 남천과 유채를 심었다. 하지만 산그
늘 밑이라 유채는 번성하지 못했고, 다행히 남천은 잘 버텨
주고 있다.

바오패밀리에게 남천과 유채를 만나게 해준 일은 나름 의
미가 있는 일이었다고 생각한다. 물론 굳이 하지 않아도 될
일일 수도 있고, 일상 업무는 아니라 할지라도 결국 동물은
식물을 떠나서는 살 수 없고, 그건 우리 인간도 마찬가지이
기에 조금이라도 신경 쓰고 관심을 보이며 식물을 동물원 공
간에 접목하려는 시도는 계속되어야 한다고 본다. 그러면 동

　　　매일 아침 나는 텃밭에 간다

물들도, 주키퍼도, 관람객들도 초록 식물이 전하는 위안을 느끼게 되지 않을까?

사실 나도 집에서 화초를 키우면서 실패한 적이 있다. 지금 생각하면 관심과 사랑을 제대로 주지 않아서였던 것 같다. 재밌는 건 식물을 공부하고 동물들의 공간에 접목해 보려는 마음으로 조경학과에 편입해 공부하면서 우리 집에 있는 식물들이 다시 살아났다는 것이다. "알면 사랑한다"는 최재천 교수님의 말처럼, 식물을 알게 되니 사랑하는 마음이 더 생기고 정성스레 돌보게 되는 경험을 한 뒤로는 동물원에서도 동물들이 지내는 공간에 심어진 식물들을 돌보는 일을 꾸준히 하고 있다. 식물들이 꿋꿋하게 버텨 주는 모습에 매번 감동하고 감사하면서 말이다. 남천바오를 스파링 상대로 여기며 즐기는 아기 판다도 사랑스럽고, 유채꽃길을 느긋하게 걷는 어른 판다도 멋지지만, 그들로 인해 휘어지고 뽑히고 상처받는 남천바오를 다시 심고 어루만짐으로써 자연의 부분들이 서로 이어지는 순간을 떠올리면 가슴이 부풀어 오른다.

# 남천과
# 남바할의 연결 고리

텃밭을 시작하고 나서 에버랜드 식물 관련 전문가들과 함께 '에버 플랜토피아'라는 카페를 열었을 때 나의 활동명은 고민할 필요도 없이 '남바할(남천바오 할부지의 줄임말)'이 되었다. 그만큼 남천바오는 나에게 아주 특별한 친구이다. 바오패밀리의 한 식구가 될 정도로 친근하고, 잊을 수 없는 추억을 함께 간직한 존재이기 때문이다.

남천을 알게 된 지는 20년이 넘었다. 연약한 듯하지만 나름의 탄력을 가진 줄기, 추위에도 제법 강한 생육 능력, 뾰족뾰족 작고 아담한 이파리, 하얗고 소담한 꽃, 가을에 물드는 새초롬한 단풍, 빨간 립스틱보다 더 선명한 씨앗 뭉치. 정말 모든 면에서 빠지지 않는 관목이다. 나는 그런 남천이 참 좋았다. 남천이 내 마음속에 들어오자, 바오패밀리에게 보여 주고 싶은 마음이 생겼고, 유채꽃처럼 판다월드에 식재하게 된 것이다. 남천은 유채꽃과 함께 판다와 교감하는 식물로 자리 잡아 '남천바오'라는 별명까지 얻게 되었다. 그 덕분에 나는 졸지에 '남천바오 할부지'라는 애칭을 하나 더 얻었고 말이다.

남천이 바오패밀리의 일원이 되고, 그들의 관심을 받는 식물로 자리 잡으면서 관계는 더욱 돈독(?)해졌다. 바오패밀리가 남천 주변을 배회하며 이리저리 스쳐 지나가기도 하고, 향기를 맡으며 탐색하기도 하고, 가끔은 가지를 잡고 장난을 치던 기억이 생생하다. 남천을 보면 바오패밀리가 생각나고, 바오패밀리를 보면 남천이 생각난다. 이렇게 동물과 식물이 어울리며 관계를 맺어 가는 걸 보면 안심이 되고 흐뭇해진다. 역시 조화로운 어울림은 자연 세계에서나 인간 세계에서나 중요하다.

남천은 여름에 하얀 꽃을 피운 자리에 열매가 맺히는데, 그 모습이 참으로 소복하고 탐스럽다. 남천은 제 몸을 지탱하기 어려울 정도로 익은 열매 송이를 곁가지에 의지하며 붙들고 있다. 하나도 남김없이 땅 위에서 싹을 틔우기를 바라는 생에 대한 열정이 느껴질 정도다. 가을로 접어들면서 열매는 더 짙은 붉은색으로 변하고, 잎도 함께 빨갛게 물든다.

이 매력적인 나무를 더 증식시키고픈 열망이 일어나면서 겨울이 오기 전에 열매를 따서 '노천 매장법'에 의한 발아에 도전하기로 마음먹었다. 식물들의 열매가 달고 기름지고, 색이 예쁜 것은 종족 번식의 본능을 자극하기 위한 자연의 법칙인데, 남천의 빨간 열매를 본 순간 그들의 생존 본능을 강하게 느꼈기 때문이다. 텃밭의 남천도 새와 곤충과 산짐승의 친구가 되어 주지 않을까란 기대도 했다.

남천 씨앗을 발아시키는 계획은 빨갛게 익은 씨앗을 초겨울에 따는 것에서부터 시작된다. 따낸 씨앗 송이의 잎과 작은 줄기를 모두 정리하고, 손빨래하듯 씨방을 비빈다. 그러면 빨간 열매가 터지며 그 안에서 두 개의 씨앗이 나온다. 이런 과정을 반복해 씨앗과 껍질을 분리한 다음 물에서 걸러 내 씨앗만 추출한다. 걸러 내는 과정에서 가볍게 물에 뜨는 씨앗은 쭉정이라, 그것들을 버리고 나면 비로소 파종 가능한 씨앗만 남게 된다. 이제 씨앗의 물기를 제거하고 흙과 씨앗을 혼합해 양파 망에 담아 텃밭의 노지에 적당한 깊이로 묻어 두면 끝이다. 이것이 바로 '노천 매장법'인데, 씨앗의 휴면을 타파해 발아시키는 대표적인 방법 중 하나다. 이렇게 얻은 씨앗은 겨울이 지나고 이른 봄 다시 꺼내어 텃밭 한쪽에

뿌려서 발아시키고 정성스레 키워 나가면 된다.

남천 발아 계획이 중요하다고 남천 열매를 모조리 따 버리면 곤란하다. 한겨울 하얀 눈밭의 붉은 남천을 감상할 수 있는 기회를 놓치기 때문이다. 남천의 빨간 씨앗 송이는 어느 크리스마스 장식보다 예쁘고 훌륭하다. 그래서 열매의 일부분은 남겨 놓고 겨울 볼거리로 두고두고 감상하는 편이다.

'노천 매장법'으로 남천의 증식에 도전한 나는 각고의 노력 끝에 빛을 보게 되었다. 남천의 빨간 싹이 흙을 뚫고 돋아난 것이다. 맙소사! 봄과 여름에 얼굴을 보여 주지 않아 나를 애타게 만들더니 잡초들 속에서 어린 남천들이 빼곡하게 잎을 내밀고 나를 바라보는 것이 아닌가. 발아된 남천은 작은 화분에 옮겨 잘 보살펴 줄 것이다. 푸 공주와 바오패밀리, 남천바오에 대한 추억을 가진 분들에게 남천 나눔을 하는 것이 꿈이기 때문이다. 겨울에도 낙엽이 지지 않고 불그레한 모습으로 주변을 화사하게 만드는 남천의 모습처럼 많은 이들의 얼굴에 미소가 떠나지 않기를, 남천처럼 환한 웃음이 가득하기를 바라는 마음이다.

# 이제 똥
# 안 치우시죠?

텃밭에는 식물 말고도 작은 생명체들이 바글거린다. 때로는 덩치 큰 친구들도 몰래 왔다 간다. 흙과 가까이하는 삶에서 모기, 파리는 기본이다. 필사적으로 쫓아내도 이들을 완벽히 몰아내기란 불가능하다. 그냥 그러려니 하며 참을 도리밖에 없다. 나비와 벌들이 찾아오는 건 언제든 대환영이다. 그들이 꿀을 얻어 가면서 꽃가루를 옮겨 주니 반갑고 고마울 따름이다. 지렁이는 또 어떤가. 흙을 비옥하게 만들어 주니 그 생김새가 비록 호감형이 아니라고 해도 예뻐하지 않을 수 없다.

사실 텃밭에서 만나는 곤충과 동물들은 나에게 낯선 존재가 아니다. 어릴 때부터 봐 와서 가깝게 느껴진다. 텃밭에 핀 꽃에서 꿀을 따고 수정시켜 주는 벌이 고맙고, 꿀만 빨고 급하게 숲으로 날아가는 제비나비도 예쁘다. 잎마다 알을 낳는 배추흰나비와 산호랑나비도 사랑스럽다. 밭둑의 비수리 잎을 먹는 남방노랑나비 애벌레는 귀엽기만 하다. 이렇게 스스로를 넉넉한 인심을 가진 농부라 자처했던 나는 내 안에서 또 다른 나를 발견하고 놀랐다.

하루는 밭일을 잠시 내려놓고 따뜻한 양지에 앉아 쉬고 있는데, 뒷산에서 내려온 고라니와 눈이 딱 마주쳤다. 아마도 배가 고파서 내려온 모양이었다. 처음에는 고라니가 자주 내려오면 어쩌나 걱정부터 들었다. 내가 정성 들여 가꾼 작물들이 뜯기고 파헤쳐지는 모습을 상상하니, 경계심부터 생긴 것이다. 이미 고라니는 내 맘속에서 텃밭의 침략자가 되어 버렸다. 하지만 곧 마음을 고쳐먹었다. 작물이 좀 망쳐진다고 굶어 죽는 것도 아닌데, 왜 이리 옹졸한 마음을 품게 되었을까, 반성했다. 고라니 입장에서 생각하면 텃밭은 맛있는 먹이들이 한데 모여 있는 뷔페식당과도 같은 곳인데, 본능에 이끌리어 내려오는 건 당연했다.

사실 고라니와 눈이 마주친 건 손에 꼽을 정도이고, 내가 자주 만나는 건 고라니의 발자국과 똥이다. 고라니들이 텃밭 입구와 창고 주변에서 쉬다가 다량의 똥을 누고 돌아간 듯 보였다. 콩알만 한 똥들이 뭉텅이로 이곳저곳에 있는데, 겉

 매일 아침 나는 텃밭에 간다

이 반지르르하고 촉촉한 것을 보니 다녀간 지 오래된 것 같지 않았다. 이렇게 서로 엇갈리는 만남을 계속하고 있는데, 고라니 똥만 보아도 고라니를 만난 것 같은 느낌이 든다. 심지어 직업의식을 발휘해 고라니의 건강 상태를 나름 체크해보기도 한다.

동물들을 돌보는 주키퍼는 똥과 친해져야 한다. 반려동물과 달리 야생 동물은 배설물로 컨디션을 체크하는 건 물론, 여러 가지 정보들을 얻을 수 있기 때문이다. 한번은 동물원을 방문한 어떤 분에게 이런 질문을 받은 적이 있었다. "주키퍼님, 이제 똥 안 치우시죠?" 그때 누군가의 눈에는 똥을 치우는 일이 하찮은 일로 보이는 건가 싶었다. 하지만 동물의 똥은 동물을 살피고 건강을 체크하는 일에 있어서 아주 중요한 것이다. 그래서 주키퍼라면 배설물을 직접 치우며 상태를 확인하는 것을 소홀히 해선 안 된다. 배설물의 상태에 따라 먹이의 소화 상태가 어떤지, 장내에 문제가 발생한 것은 아닌지, 기생충이 있는 것은 아닌지, 또는 출혈 반응이 있지는 않은지를 판가름할 수 있는 중요한 잣대가 된다.

문득 바오패밀리의 황금 고구마 똥이 떠오른다. 대나무를 먹기 시작하고부터 고구마 똥을 누는 루이, 후이가 기특할 뿐이다. 그들이 누는 똥을 보고 기뻐하기도 하고, 근심에 빠지기도 하는 주키퍼의 삶이 고달프기는커녕 행복하다. 어찌 보면 똥을 매개로 동물들과 정보를 주고받고 대화하는 건 아닌가 하는 생각도 든다. 그러니 고라니의 똥을 보고 반가울 수밖에. 고라니가 남긴 신호 같다는 생각과 함께 산에 사는 동물들과 교감하는 일에도 세심해져 보자 다짐하게 된다.

# 방풍이 키우는
# 산호랑나비

"아, 드디어 왔구나! 환영한다!" 텃밭을 일구기 시작한 지 2년 차 봄에 산호랑나비 여러 마리가 우아한 날갯짓을 하며 모습을 드러냈다. 방풍나물의 존재를 감지하고 날아온 것이 분명하다. 호랑나비가 방풍나물을 좋아한다는 사실을 알게 된 건 수십 년 전 동물원에서 나비를 키운 경험 덕분이다.

곤충을 담당했던 시절 반딧불이, 큰줄흰나비, 호랑나비, 제비나비 등을 길렀다. 그때 호랑나비 애벌레의 먹이로 방풍나물을, 큰줄흰나비 애벌레의 먹이로 유채꽃을 키웠다. 내가 방풍나물을 아무렇지도 않게 뜯어 먹는 걸 보고 후배들이 염소 같다면서 신기하게 쳐다보던 기억이 난다. 이름도 낯선 방풍나물. 쌉싸름한 맛과 독특한 향 때문에 후배들에겐 쉬운 식물이 아니었을 것이다.

텃밭을 날던 산호랑나비는 자연스럽게 방풍나물 잎에 알

을 낳았다. 처음에는 몰랐다가 산호랑나비 애벌레가 야금야
금 방풍나물 잎을 갉아 먹는 걸 보고 알게 되었다. 애벌레는
방풍나물뿐만 아니라 미나리 잎에서도 자라고 있었다. 별안
간 나에게 사명이 떨어졌다. 산호랑나비의 애벌레들을 지키
기 위해 절대 농약을 치지 않는다! 그래야 내년에도 화려하
고 예쁜 산호랑나비를 볼 수 있을 테니 말이다.

산호랑나비 애벌레는 오동통한 연둣빛 몸에 검정 무늬가 화려하다. 가끔 놀라거나 위협을 느끼면 순식간에 노란 더듬이 같은 뿔을 내미는데, 그 모습이 정말 귀엽다. 뿔을 내보이는 동시에 아주 낯선 냄새를 풍기는데, 나는 그 냄새까지 좋아한다. 이렇게 예쁜 뿔과 향기를 무기로 꺼내다니! 맙소사! 이건 반칙이다. 이러면 항복하지 않을 수가 없다.

산호랑나비 애벌레는 텃밭에서 주인 행세를 톡톡히 하며 매년 나와 공존하는 텃밭 관리인이 되었다. 계절이 흐르면 방풍과 미나리 줄기에 실을 내어 몸을 고정한 채 번데기로 변했다가 또다시 나비로 우화해 그 식물에 알을 낳는다. 자연은 이렇게 함께 어울려 살아가는 재미가 있다. 각자가 욕심부리지 않고 필요한 만큼만 가져간다. 서로의 존재를 인정하며 공존하는 것이 텃밭의 순리이자 자연의 이치이다. 그래서 나는 방풍과 미나리, 산호랑나비를 사랑한다. 함께 나누어 먹는 식구이자 가족이고, 맛있는 먹거리와 아름다운 꽃까지 모두 아낌없이 내어 주는 소중한 존재들이다.

# 미지의
# 양배추

　맨 처음 가녀린 양배추 모종을 데려올 때만 해도 긴가 민가 했다. 이것이 나중에 머리통만 한 양배추가 된다고? 초록 잎 몇 장이 길게 늘어진 모종의 모습만 보면 쉽사리 탐스럽고 동글동글한 양배추가 상상이 안 되었다. 치킨집에서 샐러드로만 맛나게 먹었을 뿐이지, 한 번도 키워 본 적 없는 낯선 농작물이라 재배법도 까다로울 거라고 지레짐작했다. 그렇게 미지의 작물인 양배추라 도전할 생각을 못하고 있었는데, 어느 날 불현듯 용기가 생겼다. 해충에 강한 편이라고 해서 속는 셈 치고 심어 보기로 한 것이다.

　양배추는 나의 의심에 콧방귀라도 뀌듯 영원히 커질 것 같지 않던 잎이 조금씩 성장하면서 양배추 모양의 기본을 갖추기 시작했다. 그러면서 동시에 잎에 구멍이 생겨났다. 어떻게 알았는지 나비들이 소문을 듣고 찾아와 양배추 잎 뒷면에 알을 낳았고, 그 알에서 태어난 애벌레들이 양배추 잎을 오물오물 먹기 시작한 것이다. 잎을 이리저리 뒤적이며 애벌레를 잡던 나는 문득 '애들도 다 먹고살려는 것인데, 그냥 둘까?' 하는 생각이 들었다. 겉잎 몇 장 벌레 먹는다고 양배추가 큰일 나는 것도 아니고, 또 큰일이 나면 어떠랴 하는 마음이 생겼다. 기껏해야 우리 식구 양배추 못 먹는 것뿐인데, 우리한테는 다른 먹거리가 넘쳐 나는데, 애벌레는 오직 양배추 잎으로 몸을 키워 나중에 나비가 될 것이지 않는가.

더군다나 양배추가 애벌레들에 의해 쉽게 시들어 버리지 않을 것 같기도 했다. 강단 있는 양배추. 양배추는 똘똘 뭉치며 속이 차오르는 믿음직한 모습을 보여 주었다. 애벌레가 속잎까지 파고들어 먹어 치우면 어쩌나 하는 나의 걱정은 기우였다. 잎과 잎이 서로 겹치며 치밀하게 꽉꽉 조여져 있어 애벌레들에게 침투할 틈을 주지 않았다. 양배추도 자신을 지키기 위한 나름의 기술이 있었던 것이다. 양배추도 줄 건 주되, 진짜 지켜야 하는 속잎은 철저히 지킬 줄 아는 똑똑한 식물이었다. 이처럼 식물도 동물 못지않게 살아남기 위한 기술, 종족 보존을 위한 능력을 탑재하고 있다. 비록 움직일 수 없고 땅에 뿌리를 박고 살아야 하지만, 움직이는 벌과 나비의 도움을 받고, 자기들끼리의 협력과 협동으로 진화하여 강한 유전자를 남기는 것이 참으로 놀랍다.

　어느새 알밤만 하게 속이 차오른 양배추가 시간이 흘러 금세 주먹만 해져서 단단한 모양을 뽐낸다. 성장이란 그런 것이다. 처음에는 미약해 보이지만, 생명은 성장하게 마련이고, 그것을 진득하게 봐 주는 사랑과 정성이 있으면 된다. 그 믿음으로 우리는 서로 단단한 성장을 이룬다. 양배추마다 크는 속도가 달라 속이 먼저 굵어진 녀석부터 아내에게 전하고, 속이 꽉 차고 잘 여문 양배추 네 통은 겉잎을 다듬어 아래 밭 노부부에게 드렸다. 전해 주는 마음도, 받아 드는 마음도 양배추의 하얀 빛깔처럼 밝다. 오가는 미소가 양배추 속처럼 꽉 차오른다.

　　　　　　　　　　매일 아침 나는 텃밭에 간다

# 이거 한번
# 심어 보실래요?

산으로 둘러싸인 요새 같은 작은 텃밭에 앉아 있으면, 새소리, 빗소리, 바람 소리, 바람에 나뭇가지가 흔들리는 소리, 산짐승들이 움직이는 소리가 선명하게 들린다. 평소에는 여러 생활 소음 때문에 가려져 듣기 힘든 자연의 소리다. 고요한 텃밭에서 들려오는 다양한 소리는 일상에서 지친 마음을 다독여 주는 힘이 있다. 그래서 혼자만의 시간을 보내기 위해 짬을 내서라도 텃밭에 오는 것인지도 모르겠다.

그렇게 나 자신을 들여다보는 시간을 갖게 되니, 신기하게도 주변을 돌아보게 되는 여유가 생기기 시작했다. 남바할 텃밭의 이웃 사람들에 대한 관심이 생기고, 무엇을 심을까 고민될 때마다 들르게 되는 종묘상 사장님과도 제법 친해졌다. 그야말로 텃밭을 중심으로 이웃사촌이 생긴 셈이다. 대형견을 데리고 산을 오르는 분, 퇴근하자마자 텃밭으로 달려오는 황씨 아저씨, 소일거리로 텃밭을 일구는 아래 텃밭 주인인 노부부, 혼자서 텃밭을 가꾸는 90대 어르신, 밤과 도토리, 산나물을 채취하러 오시는 아주머니들. 이 외진 곳에서도 사람들이 각자의 삶을 부지런히 살아가고 있다. 텃밭을 가꾸지 않았으면 만나지 못할 인연들이다.

특히 종묘상 사장님은 나에게 있어서 텃밭을 일구는 데 없어서는 안 될 중요한 존재가 되어 버렸다. 처음에는 사장님의 말투가 무뚝뚝해서 거리감을 느꼈다. 테마파크에서 오랫동안 근무하고 있는 나로서는 서비스가 몸에 배어서인지, 가게 사장님이나 직원들의 태도와 말투에 민감한 편이다. 그래서 내 멋대로 사장님을 그 기준에 놓고 판단하려 했다. 그런데 사장님이 권해 주는 모종 상태가 좋다 보니, 계속 그 가게를 이용하게 되었고, 만남이 늘어날수록 그분의 무뚝뚝함 속에 담긴 진심과 속정이 느껴지기 시작했다.

가게 사장이라면 뭐든 팔고 싶을 텐데, 어떤 때는 아직 시기가 이르다며 모종을 사지 못하게 하고, 또 어떤 때는 생각도 못한 모종을 보여 주며 "이거 한번 심어 보실래요?" 하고 권한다. 내가 고집을 피우며 꼭 구입하겠다고 하는 작물이 있는데 그게 상태가 안 좋아 보이면, 돈 안 받고 그냥 가져다

　　　　　매일 아침 나는 텃밭에 간다

심으라고 한다. 사장님에게는 나름의 철학이 있고, 최상의 모종과 씨앗만 판매한다는 자부심이 있다. 그런 분을 믿지 않는다면 누굴 믿겠는가. 그렇게 사장님이 가르쳐 주는 대로 따르다 보니, 작물에 대한 지식이 늘고, 내 시야가 넓어짐을 느낀다. 역시 전문가의 말을 잘 들어야 한다!

이제는 종묘상에 모종이 나오면 무조건 가져다 심는다. 그 모종이 가게에 모습을 드러냈다는 건 심을 적기가 왔다는 뜻이고, 역시나 밭에 가져다 심으면 건강하게 잘 자란다. 물론 나의 얕은 지식과 부족한 정성으로 실패하기도 하지만, 그 안에서도 배울 것이 있겠지 하면서 실패담을 사장님에게 들려주며 하나라도 깨달음을 얻으려 한다. 그동안 작물들을 키우며 이것저것 궁금한 점들을 물었던 대상은 어머니였는데, 이제는 어머니의 빈자리를 종묘상 사장님이 채워 주고 있다.

# 때늦은 양파와
# 마늘 심기

대단한 농사를 짓는 것은 아니지만, 작물마다 적기가 있기에 그 시기에 심으려고 나름 철저한 계획을 짠다. 그런데 한번은 바쁜 업무로 양파와 마늘 심기를 차일피일 미루다가 적기를 놓치고 말았다. 다음 해 봄에 양파와 마늘을 수확하지 못한다고 생각하니 속이 타들어 갔다.

어떻게든 심어 봐야지 하는 마음으로 텃밭 한쪽에 자리를 마련하고, 우선 양파부터 심기로 했다. 미리 퇴비와 토양 살충제를 뿌리고 골을 타 놓은 상태여서 아내가 집에서 관리해 온 양파 모종을 심기만 하면 되었다. 비닐 멀칭을 한 다음 200포기의 양파 모종을 줄 세웠다. 구슬땀을 흘리며 일이 끝나갈 때쯤 해가 저물어 주변이 어둑어둑해졌다. 아무래도 마늘까지 심기에는 무리였다.

이튿날 날이 밝자 신청해 놓은 10km 마라톤 대회에 출전한 후 바로 텃밭으로 달려가 마늘을 심었다. (어디서 그런 초인적인 힘이 생겼는지, 지금 생각해도 신기하다.) 우선 제초 작업을 하고 퇴비와 토양 살충제를 뿌렸다. 알뿌리 식물을 심을 때 토양 살충제는 필수이다. 그렇지 않으면 장구벌레들에게 모두 먹히고 만다. 내가 괭이를 이용해 경운을 하고 골을 타는 동안 아내는 씨마늘을 쪼개고 침지 소독법으로 마늘을 소독한다. 멀칭 후 마늘을 심는 동안 아내는 마늘 자리에서 뽑았던 쪽파를 다듬는다. 파김치를 담글 거란다. 아, 힘든 가운데서도 군침이 돌며 일할 기운이 샘솟는다. 500쪽의 마늘을 모두 심고 나니 저녁 7시가 되었다. 그제야 마음이 편안해졌다. 다소 늦게 심었지만 더 세심히 살피고 키우면 내년 봄에는 양파와 마늘 수확을 기대할 수 있을 거라는 희망이 생겼다. 이제 된서리가 내리기 전 양파와 마늘의 보온재를 챙겨줄 것이다.

텃밭 일은 농부가 움직이지 않으면 얻어지는 것이 없다. 부지런을 떠는 만큼 수확물이 생기고, 준비를 소홀히 하면 당연히 결과물도 처참하다. 봄, 여름, 가을, 겨울, 철마다 해야 할 일을 성실히 해낸다면, 자연은 그 보답을 정직하게 해줄 것이다. 우리의 인생도 그렇다. 지금 해야 하는 일을 부지런히 하면 언젠가 그 결실을 맺게 되지 않을까? 흙을 일구고 씨를 뿌리지 않았는데, 열매만 얻기를 원한다면 어불성설이다. 내가 할 수 있는 선에서 최선을 다하고 결과는 겸허히 받아들이겠다는 태도. 남바할 텃밭에서 깨닫게 된 마음가짐이다.



양파와 마늘은 늦가을에 심어 추운 겨울을 잘 보낼 수 있도록 관리해야 한다. 양파는 비닐 터널을 만들어 냉기가 침투하지 못하도록 한다. 그러면 한파가 와도 따뜻한 공기 속에서 싹을 틔우며 잘 자란다. 마늘 역시 비닐 속에서 겨울을 나며 초록빛 싹을 틔운다. 봄바람이 불 때 양파와 마늘의 초록초록한 싹을 보는 기쁨이 꽤 크다.

# 고구마를 좋아하는
# 특별 손님



고구마 심기는 6월에 시작한다. 원래 심는 시기보다 좀 늦는 편이다. 양파와 마늘을 캔 자리에 심기 때문이다. 고구마를 미리 땅에 묻어 두었다가 싹을 틔우고 줄기가 자라나도록 해서 모종을 직접 생산할 수도 있지만, 시간과 품을 줄이기 위해 단골 종묘상에서 구입해 심는다.

늦게 심은 고구마는 당연히 캐는 시기도 늦다. 서리가 내리기 직전까지 미루며 땅속에 묻힌 덩어리가 굵어지도록 충분히 시간을 준다. 서리를 한두 번 맞는다고 해도 줄기 외에는 큰 문제가 되지 않기 때문에 걱정하지 않아도 된다. 오히려 걱정거리는 따로 있다. 바로 멧돼지다!

고구마는 멧돼지가 아주 좋아하는 먹이다. 멧돼지가 고구마의 존재를 알게 되는 순간 작은 씨알까지 찾아 남김없이 먹어 치울 것이 불을 보듯 뻔했다. 산속에 위치한 텃밭이라 아마도 고구마 농사는 멧돼지를 위한 것이 될 거라고 주변 분들도 입을 모아 말했다. 그런데 정말 얼마 지나지 않아 멧돼지, 아니 멧돼지의 발자국을 발견했다. 웅덩이에서 물을 마시고 지렁이를 찾느라 땅을 헤집어 놓은 범인은 멧돼지가 분명했다. 나는 잠시 엉뚱한 생각이 들었다. 산짐승들 사이에서 내 텃밭이 꽤 괜찮은 곳이라고 소문이 났나? 한편으론 고라니며 멧돼지가 자주 내려오면 나도 대책을 세워야 하나 고민에 빠졌다. 그들을 미워하거나 적대시하지 않고, 서로 행복해질 수 있는 방법은 무엇일까?

다행히 아직까지 멧돼지의 습격은 없다. 내가 동물원에서 일하는 주키퍼라는 걸 알고 우호적인 태도를 보이는 걸까? 내 멋대로 상상해 본다. 사실은 텃밭을 구입하고 농사를 시작하기 전 1.3m 높이의 철망을 구입해 가장자리를 따라 기둥을 박고 손수 철망 펜스를 둘렀다. 꼬박 3일에 걸쳐 설치한 펜스는 여러 모로 쓸모가 있었다. 동물들에게 서로 영역을 지켜 주자는 의미의 경계선이기도 하고, 호박이나 더덕, 오이 같은 넝쿨 식물들이 자랄 수 있는 터전이 되기도 했다.

산 밑이라 고양이, 너구리, 고라니, 멧돼지, 들개까지 텃밭 주변의 산자락을 오가는 야생 동물들이 제법 나타난다. 펜스를 치고 고구마를 심는 내 모습을 본 이웃 김 씨 할아버지는 멧돼지가 씨도 남기지 않고 싹 다 먹어 치울 것이기 때문에 고구마를 심지 말라고 조언까지 하셨다. 그러나 다행히도 고라니, 멧돼지 모두 다 주변을 오갈 뿐, 펜스를 넘지는 않는다. 단지 들고양이와 너구리가 펜스 틈을 비집고 들어와 고구마밭 덩굴 아래서 쉬기도 하고 들쥐나 두더지, 산새들을 쫓는 역할도 하니 그냥 두면 될 일이다. 아무튼 펜스 덕분에 4년째 튼실하고 맛난 고구마를 잘 수확해 먹고 있다.

최근 도심 근교에 멧돼지가 나타났다거나 강변에 고라니가 뛰어논다는 뉴스를 자주 접한다. 산에 사는 그들이 사람들 근처로 다가올 수밖에 없는 이유는 바로 먹이 때문이다. 산에서 먹이를 구하기 힘드니까 위험을 무릅쓰고 도심 근교까지 내려오는 것이다. 또 하나는 인간이 공간을 확장하고 신설하면서 동물들의 이동 통로를 막았기 때문이다. 도로 공사로 산허리가 잘리는 바람에 야생 동물들이 짝을 찾거나 먹이를 구하려고 다니는 길을 잃어서 도로 주변을 서성이거나 인가로 내려올 수밖에 없는 상황에 놓여 있다. 그런 이유로 도로를 설계할 때 환경 전문가들이 참여하여 모니터링을 하고, 생태 울타리나 야생 동물 보호 표지판을 부착하거나 생태 통로를 설치하는 등의 노력이 시행되고 있지만 턱없이 부족한 실정이다.

동물들이 살 수 없는 곳에서는 사람들도 살 수 없다. 점차 살 곳을 잃어 가는 야생 동물들에게 더 이상 피해를 주지 않고 함께 살아갈 수 있는 공간을 구성하는 것이야말로 우리가 해야 할 일이다. 자연에서 부분적으로 연결 톱니바퀴가 빠지지 않고 다 함께 잘 굴러갈 수 있으려면 말이다.

# 안녕,
# 할부지

누구나 자기만의 공간이 필요하다고 한다. 그곳이 좁아터진 곳이라 해도 마음을 어루만져 주고 위로를 느낀다면, 그것으로 제 역할을 충분히 하는 것이다. 내게는 '남바할 텃밭'이 그렇다. 혼자 일하며 식물들과 조곤조곤 대화하고, 가만히 앉아 숲을 바라보며 살포시 웃을 수 있는 치유의 공간이다.

이 자리에서 텃밭을 시작한 지 벌써 5년이 넘었다. 어찌어찌 하다 보니 남바할 텃밭은 나에게 작은 고향이 되었다. 나의 가족, 나의 추억, 나의 마음이 구석구석 담긴 공간으로 조금씩 색이 입혀지는 기분이 든다. 어린 시절 기억을 소환하는 먹거리 채소와 나무와 꽃들이 모여 있음은 물론이고, 텃밭을 이루는 자연 요소가 모두 나에겐 소중하다. 흙을 만지며 아버지를 떠올리고, 포슬포슬한 감자를 먹으며 어머니를 생각하고, 막 쪄 낸 옥수수를 먹으며 형제들을 기억한다.

한편으론 현재를 살면서 나를 나답게 해주는 존재들을 향한 사랑과 감사함으로 텃밭 한 공간을 채우고 있다. 바오패밀리와의 추억이 서린 남천바오, 대나무, 당근, 사과나무가 그들이다. 마트 당근을 좋아하는 바오패밀리 때문에 속상했다가 옥수숫대를 먹는 모습을 보고 꽁한 마음이 사르르 풀어진 날을 잊을 수가 없다.

텃밭에는 가족들과 가까운 지인들이 아주 가끔씩 찾는다. 워낙 산 밑에 있기도 하고, 주로 아침이나 비번인 날에 들르기 때문에 나 혼자 아니면 아내와 올 때가 많다. 그런데 한번은 시끌벅적 귀한 손님들을 대거 맞이한 때가 있었다. 영화 〈안녕, 할부지〉를 촬영할 때였다.

2024년 푸바오를 중국으로 보내는 과정과 보낸 이후의 여정을 담은 다큐 영화에 바오패밀리가 주인공으로 등장하고, 나와 여러 동료들이 조연으로 출연한 경험은 태어나서 처음 겪는 사건 중에 사건이었다. 〈안녕, 할부지〉의 심형준 감독은 판다와 인간 사이의 교감과 주키퍼의 삶을 담백하게 영상에 담고 싶어 했고, 내가 홀로 가꾼 텃밭이라는 공간에 관심을 보였다. 그곳에는 바오패밀리를 생각하며 심은 식물들이 있고, 내가 굳이 말하지 않아도 느낄 수 있는 어린 시절 추억들이 곳곳에 존재한다는 걸 알았던 걸까? 푸바오와의 이별을 준비하는 동안 그곳에서 내가 수없이 마음을 다져 왔다는 걸 눈치챈 것인지도 모른다.

푸바오와의 이별에 허전해지는 마음을 가눌 길이 없어 매일 찾았던 텃밭. 사람들에게는 있을 때 충분히 사랑하고 떠날 때 응원하며 잘 보내 주자고 말하던 나였지만, 밀려오는 슬픔을 막을 수는 없었기에 혼자 텃밭에서 눈시울을 붉히기도 했다. 그런 공간을 영화 촬영팀이 찾아왔다. 영화 촬영은 숨 가쁘게 진행되었고, 텃밭을 오가며 푸바오와의 이별을 준비하던 중에 홀연 어머니가 소천하셨다. 아, 어머니. 나는 밀려오는 상실감과 슬픔에 어찌할 바를 몰랐다. 푸바오를 중국에 데려다주는 공적인 일이 먼저인가, 자식 된 도리로 어머니의 상을 온전히 치르는 게 맞는가를 놓고 계속 갈등했다. 나의 이런 마음을 알았는지, 큰형님이 명쾌하게 결론을 내려 주셨다. "철원아, 국가대표로 나간 프로 선수가 운동 경기 중 비보를 들었다고 경기를 중단하고 나와야 하겠니? 아니면 더 힘을 내어 경기를 잘 마무리해야 하겠니? 생각해 봐라. 당연히 경기를 마무리해야 하지 않겠냐? 너는 국가대표

 매일 아침 나는 텃밭에 간다

다. 어머니는 남은 형제들이 잘 모실 테니 너는 너에게 맡겨진 임무를 잘 마치고 오너라. 어머니도 그렇게 하기를 원하실 거다.”

문득 돌아가시기 3일 전 어머니를 뵙고 중국 출장을 말씀드렸을 때 “푸바오 잘 데려다주고 오너라!”라고 하신 어머니의 목소리가 들려오는 듯했다. 그렇게 나는 첫날만 상주의 역할을 하고, 그다음 날 푸바오를 데리고 중국으로 떠났다. 그날은 역수같이 비가 쏟아져 내렸고, 그 모습들이 카메라 안에 고스란히 담겼다. 그해 가을에 영화가 개봉되고, 우리 육남매는 영화 시사회 동안 연신 눈물을 흘리며 어머니를 그리워했다. 이처럼 〈안녕, 할부지〉는 우리 가족에게는 한마음으로 어머니와 푸바오를 추억하게 된 소중한 기록물이 되었으며, 스크린에 비친 텃밭은 어머니에 대한 그리움과 푸바오와의 이별을 준비하는 의식의 공간으로 내 마음속에 자리 잡았다.

# 천변을
# 달리는 시간

우유를 마시는 사람보다 우유를 배달해 주는 사람이 더 건강하다고 했던가? 우리는 늘 건강하기를 바라지만, 그것을 위해 노력하는 것은 또 다른 얘기다. 사실 동물원 주키퍼로 사는 삶은 체력이 뒷받침되어 주어야 한다. 어느 일이나 체력 없이 되는 일은 없겠지만, 끊임없이 움직이면서 동물과 교감하며 건강을 체크하고, 먹이를 챙기고, 동물들이 지내는 곳을 깨끗이 청소하고, 동물과 함께 움직여야 하기 때문이다. 일을 잘하기 위해서라도 건강과 체력은 필수다. 그렇기에 매일 운동을 하려 애쓰지만, 시작 전에는 늘 갈등한다. '아, 피곤한데, 오늘만 쉴까?' 하지만 하루를 쉬다 보면, 그다음날도 그러기가 쉽고, 결국 운동과 담을 쌓게 되기 때문에 마음을 다잡고 새벽에 집을 나선다. 여러 이유를 대기 시작하면 이유 없는 날이 어디 있겠는가!

운동은 특별히 가리지 않고, 마음이 끌리면 바로 시작하



매일 아침 나는 텃밭에 간다

는 편이다. 가볍게 아파트 계단 오르기로 하체 근육을 다지기도 하고, 매일 아침 헬스장에 가서 운동을 했다. 1시간 반씩 새벽 산행 후 출근한 적도 있었는데, 산의 매력에 빠져서 쉬는 날마다 김밥 한 줄에 생수 한 병을 사 들고 야트막한 산을 오르며 주변 산 정복하기 미션을 행하기도 했다. 그러다 결국 패러글라이딩을 배워 산에 올라 새처럼 날아오르는 재미를 느끼기도 했다. 그 짜릿함과 해방감은 경험해 보지 않은 사람은 절대 모를 것이다. 지금은 패러글라이딩을 하진 않지만 가끔 텃밭 근처 자연 휴양림 쪽에서 타고 내려오는 사람들을 보면 날고 싶다는 욕망이 순간적으로 솟구칠 때가 있다. 다만 이제는 체력이 예전 같지 않다는 걸 알기에 더 이상 행동으로 옮기지는 않는다. 바른 자세와 정신 수양을 위해 검도를 배운 적도 있는데, 8년이 넘게 죽도를 휘두르며 절제된 동작과 발놀림을 익히기도 했다. 무엇이든 한번 시작하면 끝을 보는 성격이라 운동에 몰입하여 지내 온 시간들을 되돌아보니 알게 모르게 나 자신이 운동 취미 부자였음을 깨닫게 된다.

지금은 러닝에 심취해 있다. 수렵 시대의 달리기는 생존과 직결되어 있었다고 하는데, 나 역시 미래의 생존을 위해

저축한다는 심정으로 달리기를 시작한 것이다. 이제는 전 국민적인 운동이 되어 버린 러닝과 마라톤! 예전에도 걷기와 달리기는 했었는데, '마라톤 대회 참여'라는 목표가 생기면서 마음가짐이 달라졌다. 마라톤 코스 10km에 도전하기로 마음먹고 매일매일 하루도 빠지지 않고 달리기 연습을 한다. 처음 시작은 힘들지만, 호흡에 평정을 찾고 코로 들어오는 공기가 상쾌하다 느껴지기 시작하면 달리기의 온전한 기쁨을 누리게 된다.

천변을 달리며 누리는 즐거움은 의외로 크다. 러닝머신 위에서는 느끼지 못하는 상쾌한 공기, 팔팔 뛰는 근육의 활력, 매일 달라지는 주변 풍경들, 오가다 만나는 사람들과의 눈인사, 초록 식물들, 물가에서 노니는 백로, 왜가리, 흰뺨검둥오리 들이 나의 오감을 한없이 자극한다. 그중에서도 길가나 강가에서 자라나는 식물들을 들여다보는 기쁨은 아침을 풍성하게 만든다. 달리다 멈추고, 달리다 멈추고를 무한 반복하며 작은 식물들의 모습을 사진으로 담는 소소한 즐거움을 포기할 수 없다. 그러다 러닝 타임을 20분이나 초과한 적도 있다. 누구는 제멋대로 자라난 잡초라고 생각하겠지만, 내 눈에는 모두 소중한 생명들이다. 어떻게 이런 곳에서 뿌

 매일 아침 나는 텃밭에 간다

리를 내리고 자랐을까 싶을 정도로 놀라운 생명력과 의지를 보여 주는 존재들이다.

아침마다 늘 같은 천변을 뛰는데, 이 시간에 만나는 동식물들이 이제는 친구들처럼 반갑다. 호박 덩굴인 듯, 오이 덩굴인 듯 넓게 퍼져 있는 하늘수박이 먼저 나에게 인사를 건넨다. 하늘수박의 연녹색 잎이 여리면서도 곱다. 박 덩굴의 잎을 본 사람들이라면 정감 있게 느껴질 것이다. 제초 작업을 한 후 새잎이 돋는 소리쟁이도 정겹다. 봄철 소리쟁이는 곤충들의 먹이 식물로 좋지만, 가을철 소리쟁이는 애벌레도 먹지 않을 만큼 외면당한다. 지금 생각하면 어린 시절 소가 왜 가을철 소리쟁이 잎을 잘 먹지 않았는지 알 것 같다. 풀들 사이로 레드클로버 꽃이 나의 눈길을 사로잡는다. 화이트클로버에 비해 많지는 않지만, 키가 크고 꽃잎 색이 도드라져 눈에 잘 띈다.

천변 식물들 중에 잘 보이는 것이 부들과 갈대인데, 수생 식물로 물을 깨끗하게 만드는 데 도움을 주는 착한 존재들이다. 그런데 내가 좋아하는 건 따로 있다. 바로 고마리풀이다. 이 식물도 물을 정화시키는 역할을 하는데, 꽃이 참으로 앙증맞게 생겼다. 어릴 때를 떠올리면 고마리풀이 피어 있는 곳에는 어김없이 미꾸라지가 살았다. 아버지와 형들과 미꾸라지를 잡으러 물가로 갔던 추억이 피어오른다. 그때 형들은 요란하게 물속에서 첨벙거리며 미꾸라지를 몰아갔고, 나는 잡은 미꾸라지를 삼태기에 담느라 참 바빴는데….

요즘 부쩍 눈에 들어오는 식물들도 있다. 외래종 식물인 환삼덩굴과 단풍잎돼지풀인데, 번식력이 워낙 강해 한번 번지기 시작하면 걷잡을 수가 없다. 한번은 환삼덩굴에 피부가 긁혀 며칠 동안 가려움증에 시달린 적이 있었다. (다들 조심하시길!) 그렇다고 미워할 수는 없다. 이들이 네발나비의 먹이 식물이기 때문이다. 이 밖에도 달리면서 만나는 식물 친구들은 정말 수두룩하다. 둥근잎유홍초, 미국나팔꽃, 달맞이꽃 등 소박하고 예쁜 풀꽃을 하나하나 휴대폰에 저장하다 보면 운동 시간이 점점 길어진다. 그래도 이 일을 멈출 수가 없다. 이름 한번 불러 주고, 사진 찰칵 찍으며 인사하는 루틴은 나에게 큰 즐거움이니까.

 

# 무궁화꽃
# 팔랑개비

여름이 되면 텃밭 가장자리에 무궁화가 활짝 피어난다. 고향 마을에서 씨앗을 받아 발아시켜 이식했던 나무가 자라 피어난 터라 내게는 더 정겹고 사랑스러운 친구다. 어린 시절 언덕에 피어난 무궁화꽃을 따서 수술을 잘라 내고 대나무 빗자루 얇은 가지를 수술 자리에 꽂아 바람을 맞아 달리곤 했다. 그러면 무궁화꽃이 돌며 자연산 바람개비가 된다. 꽃 색깔이 묘하게 섞이면서 팔랑거리는 무궁화꽃 바람개비는 아이들의 즐거운 놀잇감이었다. 팔랑거리며 돈다고 해서 우리는 바람개비가 아닌 팔랑개비로 불렀다.

어릴 적에 갖고 놀았던 무궁화꽃 팔랑개비를 몇십 년이 지나 다시 만들어 보았다. 그러고는 아무도 보는 사람이 없는 텃밭 앞 산길을 다다다다 달렸다. 무궁화꽃 팔랑개비가 신나게 돌고, 나도 어린아이로 돌아가 깔깔깔 웃음을 터뜨렸다. 헉헉 숨이 차오를 때쯤 잠시 바위에 걸터앉아 새콤달콤한 천도복숭아를 한 입 깨물었다. 아, 역시 마트에서 파는 상품하고는 맛 자체가 다르다. 크기는 작지만 맛이 옹골차게 들었다.

텃밭 아래쪽에는 노부부가 가꾸시는 텃밭이 있다. 한번은 그분들이 무궁화꽃이 탐스럽게 핀 것을 보시고는 한 그루만 분양해 달라고 하셔서 나무들의 휴면기를 기다렸다가 수형이 예쁜 무궁화 한 그루를 골라 직접 심어 드렸다. 노부부는 아들딸 다 출가시키고 팔순이 넘어 소일거리로 텃밭을 가꾸고 있다고 하셨다. 두 분이 오순도순 밭을 거닐며 무엇이든 함께하는 모습이 참 아름다워 보였다. 백년해로는 저렇게 하는 거지, 싶다. 정말 소일거리로 하시는 거라 밭농사가 잘되고 안 되고는 관심 밖이다. 이따금 내가 키우는 작물들에 훈수를 두시기는 하지만, 그것도 관심의 표현일 뿐 간섭은 아니다. 나를 향해 골짜기가 떠나가도록 "강 사장!" 하고 부르시는데, 그 목소리에 아직도 기운이 넘친다. 오가며 나에게 자주 말을 걸기도 하신다.

"강 사장, 토양 소독제 있어?"
"강 사장, 대파 씨 있어?"

 

"강 사장, 땅두릅 한번 키워 봐!"

어떤 날은 함께 점심 먹자며 초대하기도 하신다. 그러니 깊은 산속 골짜기에서 나는 혼자이면서도 혼자가 아니다.

---

1 무궁화꽃 한 송이를 딴다.

2 긴 수술을 잘라 낸다.

3 수술을 잘라 생긴 틈으로 가느다란 나뭇가지를 끼워 넣는다.

4 손을 앞으로 뻗어 바람을 맞으며 달린다.

# 산새들과
# 노니는 삶

낙엽이 진 초겨울 어느 날 화살나무 사이로 산새의 빈 둥지가 보였다. 맙소사! 언제 여기서 보금자리를 만들고 새끼를 낳고 키웠을까? 나무마다 걸어 놓은 바구니를 이용하지 않은 것이 내심 섭섭했지만, 부모 새들은 자신들이 직접 찾아 물고 온 나뭇가지와 각종 숲의 재료들로 안전하고 포근한 둥지를 만들었을 것이다. 역시 인간의 손이 닿은 것은 그들에게는 거부감이 드는 것일까? 한편 고마운 마음도 든다. 더 안전한 장소도 있었을 텐데, 굳이 남바할 텃밭의 화살나무에 둥지를 튼 것은 이곳이 위험하지 않고 안전하게 느껴졌기 때문일 테니 말이다. 역시 화살나무 심기를 잘했다.

텃밭에는 군데군데 나무에 바구니들이 걸려 있다. 새들의 쉼터로, 또 잠시 머물다 가는 보금자리로 쓰일까 싶어 걸어 놓았는데, 산새들은 그리 애용하지 않는 것 같다. 그렇다고 조심성 많은 산새들을 탓할 일은 아니다. 경계하고 조심해야 그들의 삶을 유지할 수 있을 테니까.

텃밭에 머물다 보면, 사람보다는 동물을 더 자주 만난다. 그게 남바할 텃밭의 매력이라면 매력이랄까? 동물들 입장에서는 내가 그들에게 낯선 이방인 같을 것이다. 자신들의 터에 내가 불쑥 들어온 것이니까. 그래서 '여긴 내 땅이다!'라는 마음보다는 '갑자기 들어와서 미안하다. 우리 함께 잘 어울려 살아 보자.'라는 마음으로 텃밭에 온다.

나를 포함해 인간은 자기중심적으로 움직이는 존재다. 내일이 가장 소중하고, 내 입장에서만 생각할 수밖에 없다. 그것이 무조건 잘못됐다는 건 아니지만, 적어도 자연 앞에서는 인간 중심의 생각을 부분적으로 바꾸어 볼 필요가 있다. 자연은 우리에게 무엇을 바라는 존재가 아니기 때문이다. 바라고 요구하고 파헤치는 건 늘 인간이었다. 그러니 텃밭에 오면 고마운 마음으로 흙을 만지고, 식물들을 살피고, 숲의 동물들에게 인사를 하게 된다.

산으로 둘러싸인 텃밭이다 보니 물가에서 자주 보는 수조류보다 산새가 많다. 가끔 전깃줄에 앉아 심각하게 짹짹거리는 참새, 천도복숭아 나무와 대왕참나무, 병꽃나무 사이를 바삐 오가는 박새, 빠른 목탁 소리를 내며 나무를 쪼아 대는 오색딱따구리를 만날 수 있다. 먼 산자락부터 하늘을 넓게 쓰며 영역 다툼을 벌이는 까마귀와 까치는 먼발치에서 맴돌지만, 소리만큼은 우렁차다. 예리한 눈으로 먹이를 찾는 말똥가리도 활공하는 모습을 자주 보이곤 하는데, 이때는 사방에 긴장감이 감돈다. 마치 생방송으로 보는 자연 다큐멘터리 같다. 산새들 대부분은 특이하지는 않지만 특별하고, 화려하지는 않지만 수수한 매력이 있다.

내가 특히 좋아하는 새는 꾀꼬리다. 아카시아 꽃향기가 지천을 흔들고 나면 어김없이 꾀꼬리가 찾아온다. 모습을 잘 드러내지 않고 큰 나무숲에서 노래를 부르지만 나는 꾀꼬리의 노랫소리를 금세 알아챈다. 내가 휘파람으로 화답하면 꾀꼬리도 청아한 소리로 노래를 이어 간다. 이 녀석과 노래를 주고받다 보면 하루의 피로가 싹 사라진다. 철새인 꾀꼬리는 일 년마다 만나는 거라, 그 만남이 더 소중하고 귀하다.

한번은 〈TV 동물농장〉에나 나올 법한 에피소드를 겪은 일이 있다. 텃밭 진입로에 차를 세워 두고 일을 하고 있었는

 매일 아침 나는 텃밭에 간다

데, 나중에 보니 사이드 미러 위에 어떤 녀석이 똥을 눈 것이다. 하필 사이드 미러라니, 하고 투덜대며 분비물을 빡빡 닦아 냈다. 그런데 한 번으로 끝나지 않고, 여러 번 비슷한 위치에 똥을 누는 것이다. 계속 당하니까 괘씸한 마음이 들었다. 이번엔 범인을 꼭 찾으리라 다짐하고, 밭일은 뒤로 밀어 둔 채 근처에 숨어 주차해 놓은 차를 지켜보았다. 그랬더니 갑자기 딱새 한 마리가 사이드 미러로 날아와 앉는 것이 아닌가. 색깔과 모양새로 보아 수컷이 분명했다. 수컷 딱새는 사이드 미러 앞에서 연신 날개를 파닥거리고 소리를 내었다. 아무래도 거울에 비친 자신을 또 다른 수컷으로 여기고 경계하며 공격을 하는 듯 보였다. 아니나 다를까, 7~8m 떨어진 곳에서 암컷 딱새가 이 광경을 바라보고 있었다. 수컷 딱새는 거울 속 딱새를 물리치고 암컷의 사랑을 지켜 냈을까? 분명 그러했으리라 믿는다.

웬만하면 산새들과 잘 어울리는 나인데, 유독 신경전을 벌이게 되는 새가 있다. 그 녀석은 바로 물까치다. 떼를 지어 요란스럽게 날아다니는데, 까치와 다르게 가늘고 긴 소리를 낸다. 물론 생김새는 날렵하고 예쁘다. 그 고운 자태에 넋을 잃기도 하지만, 텃밭의 블루베리, 딸기, 대추, 대봉감까지 모조리 먹어 치우는 물까치들 때문에 속이 상한 적이 한두 번이 아니다. 동물들과 나눠 먹겠다는 마음으로 텃밭 작물을 키우고는 있지만, 이 녀석들은 좀 너무하다 싶다. 하긴 물까치가 워낙 가족애가 강한 편이라 대가족이 먹고살려면 남바할 텃밭을 탈탈 털어도 모자랄 것이다. 그래서 이해가 되면서도 잘 익은 열매를 맛볼라치면 물까치가 선수를 치니 얄미운 마음이 생기는 건 어쩔 수가 없다.

텃밭에 봄이 찾아왔을 때는 수컷인 장끼와 암컷인 까투리 사이에서 예닐곱 마리의 새끼들이 태어났다. 까투리가 새끼들을 데리고 부산하게 숲을 지나는 모습을 몇 번 목격했는데, 어미가 얼마나 새끼들을 지키려고 주변을 둘러보는지, 내 마음이 다 조마조마했다. 새끼들아, 부디 어미의 보호 아래 건강하고 무탈하게 자라다오!

텃새, 철새, 밭을 지나치는 새, 밭에서 쉬어 가는 새, 숲에서 노래하는 새, 누구 하나 빠짐없이 삶에 진심이며 온 힘을 다해 자신의 몫을 살고 있다. 우리는 모두 연결된 자연의 소중한 조각들이니 잘 맞아떨어지는 조각이 될 수 있게 서로 인정하고, 존중하며, 감사해야겠다는 생각을 한다.

## 새끼 올빼미와의
## 조우

텃밭에서 지내다 보면 다치거나 위험에 빠진 동물을 만날 때가 있다. 그럴 때는 도와주고 싶은 마음이 간절하지만, 섣불리 나서지 않고 상황을 살핀다. 동물이 경계하며 도망치려 할 수도 있고, 경기를 일으켜 더 다칠 수도 있기 때문이다.

하루는 농로의 좁은 수로를 정리하려고 마음먹고 수로 안을 들여다보았다. 그런데 동그랗고 맑은 노란 눈의 새끼 올빼미가 숨어 있는 게 아닌가! 깜짝 놀라 나를 쳐다보는 올빼미의 표정을 지금도 잊을 수가 없다. 서로 놀라 멈칫하며 잠시 정적이 흐르다가 새끼 올빼미가 하악하악 소리를 내며 나를 경계했다. 하지만 수로 안쪽 틈새에 날개가 끼어 옴짝달싹 못 하는 상황이었다. 올빼미는 이내 포기한 듯 얌전해졌다. 나는 최대한 새끼 올빼미가 놀라지 않게 안심시키면서 아주 천천히 한 발 한 발 내디뎠다. 올빼미의 날개를 살피고, 조심스럽게 빼내 살짝 포개어 접은 다음 뒷산 중턱에 놓아주었다. 그때 손 전체로 전해 오는 새끼 올빼미의 콩닥콩닥 심장 뛰는 느낌은 매우 강렬했다.

새끼 올빼미는 냅다 도망칠 줄 알았는데, 동그란 눈으로 나를 멀뚱멀뚱 쳐다보았다. 내 얼굴을 유심히 보며 기억해 두려는 것인가, 하는 엉뚱한 생각을 했다. 오후에 다시 그곳으로 가 보니 새끼 올빼미는 떠나고 없었다. 자신의 길을 잘 찾아갔겠지? 천적을 만나지 않고, 어른 올빼미로 잘 성장하기를 마음속으로 기도했다. 혹시 '은혜 갚은 두꺼비'처럼 이 남바할 텃밭을 다시 찾아오지 않을까? 어쩌면 먼발치에서 나를 지켜볼지도 모를 일이다. 이미 우리는 서로 눈 맞춤을 하며 연결된 사이니까.

# 텃밭 가장자리에 서서

4부

# 텃밭 정원 가꾸기

　텃밭은 우리 가족 먹거리를 수확하는 공간이지만, 사계절 아름다운 텃밭 풍경을 보고 싶어 꽃과 나무를 심은 작은 정원이기도 하다. 텃밭을 시작해 1년이 되었을 때 작은 땅에는 약 45종의 식물이 자리 잡고 있었다. 다양한 작물과 채소, 과수와 꽃나무 들은 모두 나의 개인적 추억이나 소중한 인연들과 연결된 것들이다. 내가 좋아해서 심고 가꾼 것들뿐만 아니라 누군가 선물해서 키우게 된 것도 있고, 누군가를 떠올리며 그 사람을 위해 씨앗을 뿌리거나 모종을 심기도 했으니 말이다.

　텃밭 공간을 개인 정원처럼 바라보며 식재 계획을 세우기 시작한 건 몇 년 전부터일 것이다. 동물원 주키퍼는 동물들이 사는 공간을 최대한 서식지와 비슷하게 조성하고 싶기도 하거니와 동물들의 터전에 식물들이 기본적으로 존재해야 하므로 조경에 대한 필요성을 느끼고 학교에서 조경학을 공부한 적이 있다. 조경학은 자연과 사람의 조화를 이루는 공간을 만드는 학문이라고 할 수 있다. 단순히 정원이나 공원을 디자인하는 일이 아니다. 자연 친화적인 공간을 조성함으로써 궁극적으로는 자연과 인간이 지속적으로 공존할 수 있는 걸 목표로 한다. 동물원에서는 이런 목표와 방향성이 정말 중요하다. 동물 친구들이 원래 살던 곳에서 행복하게 사는 것이 가장 좋겠지만, 그렇지 못한 상황이라면, 동물원 공간에서라도 자연 친화적이고 살아가는 데 종 본연의 행동을 이끌어 낼 수 있는 행동풍부화 노력이 절대적으로 필요하다.

처음 텃밭에 왔을 때 이전 주인이 심어 놓은 나무들이 있었다. 스트로브잣나무, 은행나무, 대추나무, 설죽이었는데, 스트로브잣나무는 산사태를 막아 주고 공간을 적당히 가려 줘서 안정감이 느껴졌다. 여름에는 시원한 그늘을 만들어 주고, 가을에는 줄을 걸어 시래기를 말릴 수 있고, 겨울에는 솔방울을 모아 모닥불의 불쏘시개로 활용할 수 있으니, 그대로 두는 것이 이득이었다. 설죽은 말할 것도 없이 곁에 두고 보아야 할 나무였다. 2016년에 아이바오와 러바오를 처음 만났을 때 설죽을 가장 잘 먹는다고 해서 그때부터 나도 설죽을 사랑하게 되었다. 이제 설죽은 바오패밀리에게 없어서는 안 되는 먹이로 등극하여, 아주 귀한 대접을 받고 있다.

그 외에 내가 챙겨서 심은 나무는 여러 종류가 있는데, 초창기에 심은 것들로 편백나무, 소나무, 노간주나무 등이 있다. 편백나무는 피톤치드의 향이 좋아서, 소나무 반송은 운치가 있어서, 노간주나무는 아버지가 소의 코뚜레를 만들기 위해 자주 사용했던 나무라서 텃밭 식구로 들였다.

텃밭에서 늘 꽃을 볼 수 있었으면 하는 마음으로 고른 꽃나무는 산수유, 홍매화, 국화이다. 3월 서리도 채 가시기 전에 피어나는 산수유와 홍매화를 시작으로, 입동이 지난 11월에도 꽃을 피우는 국화까지 나름대로 계산을 한 것이다. 꽃뿐만 아니라, 가을에는 단풍을 즐기는 여유를 누리기 위해 단풍나무, 화살나무, 남천을 심었다.

국화의 향은 어린 시절부터 맡아 왔던 향이라 내게는 참 애틋하다. 길 가다 살짝 스치거나 손으로 잎을 비벼 주면 그 향만으로도 머리가 맑아진다. 소국과 국화, 구절초, 수레국화 등은 겨울이 다 되도록 강한 생명력으로 위엄 있는 자태와 아름다움을 놓지 않아서 좋다. 6월이면 쑥쑥 자라나는 국화류를 예쁘게 전정해 주고 쳐 낸 순을 이용해 삽목을 한다. 몇 번 관수를 하며 돌본 삽목 순은 굳세게 뿌리를 내리고 새로운 터전을 만든다. 이렇게 퍼져 나간 국화들이 텃밭 여기저기서 가을을 더욱 빛내 준다. 웃자란 국화 줄기나 쑥대는 쇠파리나 모기, 날파리 같은 해충을 쫓는 용도로 활용하기도 한다. 서너 가지 줄기를 묶어 흔들어 주면 손이 닿지 않는 등은 물론 종아리나 발목까지, 성가시게 달라붙는 벌레들을 수월하게 물리칠 수 있다. 여러모로 유용한 국화다.

화살나무는 4월 나물 먹기 이른 철에 홑잎 나물을 먹게 해 주고, 가을에는 빨간 단풍으로 깊은 자태를 뽐낸다. 화살나무의 가지를 보면 코르크질의 날개가 달려 있는데, 그 모습이 화살 뒷부분의 깃처럼 생겨서 '화살나무'라는 이름이 붙었다고 한다. 이 가지의 날개는 약용으로도 쓰인다. 이러한 화살나무의 독특한 생김새는 나의 눈길을 끌었고, 가끔씩은 화살나무의 가지로 과녁을 향해 쏘아 보는 상상도 해본다. 이제 남바할 텃밭에 없어서는 안 되는 귀한 나무로 자리 잡았다.

이 밖에도 봄이 되면 일제히 샛노란 개나리와 분홍빛 진달래, 선이 곱고 선명한 수선화, 옥매화나무와 팥꽃나무, 박

태기나무가 내 마음속 빗장을 활짝 열어 버린다. 거기에 연달아 피어나는 꽃잔디와 금낭화, 매발톱꽃, 둥굴레, 원추리, 비비추 등도 일순간에 마음을 무장 해제시키는 텃밭의 명물 화이다. 그렇게나 꽁꽁 얼었던 땅속에 도대체 어떤 색소와 에너지가 있었던 것일까?

텃밭 정원에는 주체할 수 없는 향으로 벌을 유혹하는 조팝나무도 있다. 향기가 엄청 진해서 멀리서도 쉽게 맡을 수

                                                    매일 아침 나는 텃밭에 간다

있는데, 나와 아내는 이 조팝나무의 향기를 너무나 좋아한다. 한창 연애 시절, 아내와 나는 봄날 드라이브를 즐기다가 산길에 핀 조팝나무를 보고 예뻐서 차를 세웠다. 아내는 그때 맡은 꽃향기를 잊지 못했고, 나는 아내에게 점수를 따고자 조팝나무꽃으로 꽃다발을 종종 만들어 주었다. 이제 그 조팝나무가 텃밭 주변 언덕에 당당히 자리매김하고 있다.

고마운 꽃과 나무들 덕에 텃밭의 고된 노동을 기쁘게 감당할 수 있다. 식물들의 초록을 사랑하지만, 화려한 색과 향기로 눈과 코를 즐겁게 해주는 꽃과 나무가 있기에 마음이 더 풍요로워진다. 많은 꽃들이 어떤 사람들에게는 아주 특별한 의미와 추억을 떠올리게 하고, 인연으로 맺어 주기도 하고, 메마르고 서늘한 마음을 따스하게 만들어 주기도 하니, 얼마나 고맙고 감사한가!

# 감나무
# 그늘 밑

자그마한 땅을 일구면서 미래 텃밭 풍경을 상상할 때마다 항상 먼저 떠오른 것이 감나무였다. 나무 시장에 갔을 때 두 그루의 감나무를 보고는 한 치의 망설임 없이 바로 데려왔다. 하지만 내심 걱정이 되었다. 따뜻한 남부 수종이라 추위에 약한 감나무가 산과 인접한 남바할 텃밭에서 겨울나기를 잘할 수 있을까 싶었던 것이다. 이 점이 가장 신경 쓰였던 나는 나뭇가지를 볏짚으로 꽁꽁 싸매고 비닐을 덧대어 바람이 들지 않도록 이중으로 피복을 입혀 주었다.

그럼에도 불구하고 처음에 감나무는 열매를 제대로 맺지 못했다. 결국 감나무의 위치가 잘못됐다는 걸 인정하고 새로운 자리를 찾기로 했다. 텃밭에서 가장 햇볕이 잘 드는 곳을 세심하게 따져서 위치를 다시 잡은 것이다. 그곳으로 옮겨 심자 그제야 감나무가 좀 편안해 보였다. 식물도 동물과 마찬가지로 기분 좋은 상태를 표현할 줄 안다.

   

텃밭에 심은 감나무는 '대봉' 품종이다. 고향에서는 크기가 작고 납작하며 껍질이 두꺼운 또개감과 얇은 껍질에 부분적으로 먹물을 먹인 듯한 먹시감이 주종이었다. 또개감은 주로 껍질을 깎아 곶감으로 말리고, 먹시감은 대나무 소쿠리에 담아 하나씩 꺼내 먹었다. 한겨울에 살짝 언 아이스 홍시를 녹여 먹는 재미는 우리들만의 특권이었다.

내가 이토록 감나무에 애정을 보이는 이유는 어릴 적 시골집에 감나무가 있었기 때문이다. 밭일하러 가실 때마다 어머니는 나를 그 감나무 밑에 두고는 가끔씩 들여다보셨다. 감나무 그늘 밑에 놓인, 포대기를 깐 빨간 고무 대야는 나의 작은 놀이터였다. 나는 혼자 흙 놀이를 하며 시간을 보내다 깜박 잠이 들곤 했는데, 그러다 잠이 깨면 꼭 어머니한테 달려가 칭얼댔다. 나 좀 봐 달라고, 나랑 놀아 달라고 투정을 부렸던 것 같다. 콩밭을 매느라 정신이 없는 어머니를 지켜보던 나는 어머니를 돕고 싶은 마음에 작은 두 손으로 잡초를 잡고는 낑낑대며 뽑으려 했다. 하지만 잡초가 워낙 깊이 뿌리내린 탓에 줄기만 뚝뚝 끊어졌다. 어떤 때는 멀쩡한 콩을 잡아 뜯은 적도 있었다. 그때마다 어머니는 "아이고, 아까운 콩." 하시면서도 나를 나무라지 않으셨다. 내 손을 잡고 감나무 밑으로 가서 찐 감자와 물로 허기를 달래며 잠시 나와 놀아 주셨다. 그때 올려다본 감나무에는 수수한 감꽃이 가득 피어 있었다.

감꽃이 지고 나면 앙증맞은 감이 자라기 시작한다. 탐스럽게 익어 가는 감이 주렁주렁 매달린 가을이 오면 어머니는 감을 따기 위해 바지런히 움직이셨다. 이때 까치밥으로 몇 개의 감을 남겨 두는 건 잊지 않으셨다. 감을 딴 다음에는 곶감을 만들기 위해 꼭지를 제거하고 온 가족이 둘러앉아 껍질을 얇게 깎아 낸다. 이때 껍질을 두껍게 깎으면 여지없이 아버지한테 혼이 났다. 이렇게 깎은 감을 아버지가 산에서 채취해 다듬어 둔 얇은 싸리나무 가지에 열 개씩 꿴다. 그런 다음 새끼줄에 열 줄씩 매달아 양지바른 처마 밑에 걸어 말린다. 찬바람 맞으며 반건시가 되는 시기, 이때가 사실 제일 맛있는 시기이다. 오래 보관하기 위해 더 말려서 완전한 건시를 만들지만, 맛은 반건시 상태가 가장 감칠맛이 좋다.

우리 형제들은 완전히 마른 곶감보다 반건시를 좋아했는데, 정말 신기한 것은 반건시가 될 때를 호시탐탐 노리다가 몰래 빼 먹으려고 보면, 매달린 감이 서너 개가 남는 줄이 있었다는 거다. 우리는 서로 눈치 보거나 마음 졸일 필요 없이 당당하게 하나씩 반건시를 빼 먹었다. 자식들을 위해 서너 개씩 여유 있게 감을 꽂으셨던 어머니와 아버지의 깊은 사랑이 지금도 내 마음을 훈훈하게 만든다.

감나무를 키우기 위해서는 고욤나무가 필요하다. 감을 먹고 씨를 심으면 고욤나무가 자라는데, 여기에 감나무 접을 붙이고 비닐로 단단히 둘러메어 고정시켜야 비로소 감이 열린다. 지금은 나무 시장에서 감나무를 쉽게 구할 수 있다.

# 나의 첫
# 도장 나무

　어린 시절에 살던 시골집에는 두레박으로 물을 긷던 우물이 있었다. 밭일을 마치고 돌아온 어머니는 가족들의 저녁 식사를 준비하기 위해 우물에서 분주하게 물을 퍼 올리시곤 했다. 나는 우물물 퍼 올리는 소리가 그렇게 정겨울 수가 없었다. 어머니가 집에 오셨구나, 이제 곧 맛난 저녁상이 차려지겠구나 하는 기대감이 샘솟았기 때문이다.

　우물가에는 빨간 연지처럼 화사한 꽃이 한가득 늘어지게 핀 배롱나무가 있었다. 꽃이 한꺼번에 피는 게 아니라 순차적으로 피고 져서 백일 동안 늘 빨간 꽃을 보여 준다 하여 백일홍이라 불리는 나무다. 같은 이름의 다른 식물이 있어 목백일홍 또는 백일홍나무라고도 한다. 여름에는 짙푸른 녹음이 우거지는데, 붉은색으로 황홀하게 꽃을 피우며 우리의 눈을 즐겁게 하는 목백일홍은 수형이 예뻐서 여름 꽃나무의 대표 격이라 할 수 있다. 특히 햇살 좋은 날 우물물에 비치는

　　　　　　　　　　　　매일 아침 나는 텃밭에 간다

배롱나무의 모습은 한 폭의 그림처럼 아름다웠다.

　내가 중학생 시절 손재주가 좋았던 작은형은 목질이 연한 배롱나무 가지에 내 이름 석 자를 새긴 도장을 만들어 주었다. 왜 만들어 주었는지는 기억이 가물가물하지만, 배롱나무 꽃색을 닮은 붉은 인주를 고루 묻혀 철 지난 신문지에 꾹꾹 찍으며 얼마나 좋아했는지 모른다. 그 배롱나무 도장은 지금 어디 갔는지 알 수가 없지만, 우물가의 배롱나무는 나에게 영원한 도장 나무로 기억되고 있다. 내가 지금 쓰고 있는 도장은 고등학교를 졸업한 해에 작은형이 돈 많이 벌고 부자 되라며 벼락 맞은 대추나무를 어렵게 구해 만들어 준 것이다. 배롱나무 도장이든 대추나무 도장이든 동생 앞길을 응원하는 형님의 마음은 변함이 없다.

　추억이 깃든 배롱나무는 남바할 텃밭 경사지에 자리를 잡았다. 원래 따뜻하고 온화한 기후에서 잘 자라기 때문에 추운 산 밑에서 고생하는 중이다. 그래서 겨울이 다가오면 짚으로 단단히 싸서 최대한 보온을 해주려고 노력한다. 그래도 매년 봄에 새롭게 가지를 내고 눈을 틔워 여름에 붉은 꽃을 화사하게 보여 주는 배롱나무는 옛날 고향집 우물가의 추억을 소환하기에 충분하다.

　가만 생각해 보면 나는 텃밭에 그리움과 추억을 심고 가꾸는 듯하다. 어린 시절 가족들과 맛나게 먹던 나물과 작물들, 고향 마을에서 늘 보던 추억의 나무들이 텃밭의 구성원이 되어 가고 있으니 말이다. 결국 텃밭은 나의 작고 그리운 마음의 고향인 셈이다. 나의 첫 도장이 되어 준 배롱나무에게 살포시 미소를 건넨다. 매년 가을이 오면 배롱나무의 월동 준비에 더 신경을 쓰겠노라 마음먹으며.



목백일홍은 따뜻한 양지쪽에 심는 것이 좋다. 중부 이북 지방이라면 겨울에 보온을 통해 동해를 예방해 주는 것이 중요하다. 월동용으로 볏짚을 이용해 가지를 싸 주면 겨울에도 예술작품 같아 보인다. 정원수나 독립수로 손색이 없는 어여쁜 나무이다.

# 애지중지
# 에버로즈

에버 플랜토피아를 함께 운영하는 장미 아빠 하호수 프로가 어여쁜 두 그루의 에버로즈를 데리고 남바할 텃밭을 방문한 날은 비가 거세게 내리친 어느 여름날이었다. 안타깝게도 굵은 빗줄기에 땅이 질퍽해져서 식재를 할 수가 없었다. 장미 아빠는 장미를 심기에 적당한 자리를 점지해 주고, 식재 방법을 꼼꼼히 일러 준 후 텃밭의 다른 과수들까지 살피며 여러 조언을 아끼지 않았다. 자식 같은 장미를 내게 맡기고 돌아서는 장미 아빠의 마음을 헤아리다 보니, 텃밭에 갈 때마다 장미 묘목을 더 세심히 살피게 된다. 그의 장미에 대한 애정과 사랑을 알기에 허투루 키울 수는 없고, 예쁜 장미꽃을 피워 보여 주고 싶은 욕심도 슬그머니 생겼기 때문이다.

날이 개고 나서 장미 아빠가 선정해 준 자리에 에버로즈를 정성스레 식재하고 덧거름을 주었다. 적당히 관수하고, 제초 작업도 깔끔하게 했다. 식재한 지 얼마 되지 않아 에버로즈는 기특하게도 예쁜 꽃봉오리를 틔우고, 늦가을까지 꽃을 보여 주었다. 한 그루는 '퍼퓸에버스케이프'라는 품종의 핑크색 꽃이고, 다른 한 그루는 '딜라이트'라는 품종의 노란색 꽃이다. 장미의 색깔은 전적으로 내 아내의 취향에 맞췄다고 하니, 아내가 텃밭에 올 이유가 하나 더 늘었다.

장미를 키운 건 이번이 처음은 아니다. 몇 년 전 '폴스 스칼렛 클라이머'라는 품종을 구입해 심었는데, 우리가 익히 아는 강렬한 빨간 장미다. 그런데 장미 아빠가 선물해 준 두 그루의 장미는 그것과는 다르게 모양이나 향이 특별하게 다가왔다. 해외 품종보다 꽃잎이 풍성하고, 빛깔이 은은하고 고왔다. 게다가 깊은 장미 향은 한참을 맡고 있어도 질리지 않았다. 장미 아빠가 직접 개발한, 새롭고 차별화된 장미 품종임이 확실히 느껴졌다. 두 그루의 장미를 애지중지하다 보니, 텃밭 여기저기서 피어나는 코스모스가 내심 신경이 쓰였다. 혹여 장미의 영역을 침범할까 싶어서였다.

이렇게 각별한 에버로즈에게 내가 해줄 수 있는 것은 철저한 월동 준비였다. 산 밑의 추위를 처음 맞는 에버로즈일 테니, 동해를 입지 않도록 단단히 준비해야 했다. 장미의 월

    매일 아침 나는 텃밭에 간다

동 준비를 간단히 정리해 보면 이렇다.


- 뒷산에서 솔잎을 끌어모아 장미가 심어진 바닥이

  얼지 않도록 두툼하게 표면 피복을 한다.

- 측면에 지주를 박고 볏짚을 두른다.

  찬바람을 막기 위함이다.

- 제초 매트를 재활용해 볏짚 테두리를 한 번 더 감싼다.

  산 밑의 차고 센 바람이 걱정되어서다.

- 마지막으로 겨울을 잘 견뎌 달라고 기도한다.


"장미야, 장미야! 시린 겨울 잘 견뎌 내고 봄기운 물씬 받아 청명한 5월에는 눈부시게 예쁜 꽃을 피워 다오."

---

가끔 장미 아빠한테 에버로즈 관리 방법을 묻는다. 그의 조언에 따르면 덧거름은 여름에 주어야 한단다. 휴면 준비를 해야 할 시기에 양분이 공급되면 멈춤 없이 자라다가 동해로 연결될 수 있다는 것이다. 늦가을에 남은 꽃봉오리는 아까워 말고 전정을 해주어야 한다는 당부도 했다. 꽃을 피우기 위해 양분을 많이 소모하기 때문이란다. 장미든 사람이든 불필요한 소모를 막는 것은 중요한 것 같다.

# 코스모스를
# 향한 경의

잠시 장미에 밀려 애물단지가 되었던 코스모스. 하지만 사실 나는 코스모스를 매우 좋아한다. "코스모스 한들한들 피어 있는 길~ 향기로운 가을 길을 걸어갑니다~" 노래를 흥얼거리며 코스모스를 가만히 손으로 쓰다듬으면 옛 추억이 새록새록 솟아오른다.

그 추억은 까마득한 국민학교 시절로 거슬러 올라간다. 그 시절에는 새마을 운동의 일환으로 마을 가꾸기 사업을 펼쳤는데, 어린 학생들도 그 일에 동참하여 일요일 아침 마을 회관에 모여 마을 진입로에 꽃을 심거나 잡초를 뽑는 일을 했다. 그때 심고 가꾼 꽃이 코스모스였다. 명찰 아래 하얀 수건을 달고 학교를 오갈 때 한들한들 춤추며 반겨 주던 코스모스. 책보를 싸서 등에 메고 검정 고무신을 신고 비포장도로 양쪽으로 펼쳐진 코스모스를 보며 걷던 그때의 즐거움은 쉽게 잊히지가 않는다. 간혹 버스가 지나가면서 먼지바람을



매일 아침 나는 텃밭에 간다

일으켜도 코스모스는 흔들흔들 춤추며 깔깔깔 웃는 듯 보였다. 그러면 먼지를 한껏 뒤집어쓴 나와 친구들도 코스모스를 따라 환하게 웃었다.

코스모스의 생명력은 그야말로 대단하다. 씨가 떨어져 자력으로 자라니 다음 해 발아율도 좋고 순을 쳐 주면 더 많은 줄기가 자라 풍성해진다. 쳐 낸 순을 삽목해도 거의 다 살아나고 가지가 꺾여도 땅에 닿는 부분만 있으면 줄기에서 생기 발랄한 뿌리가 돋아 바닥을 붙잡는다. 척박한 땅이나 다른 풀들 사이에서도 기죽지 않고 살아나는 왕성한 생명력을 지니고 있다. 코스모스를 처음 키울 때는 화분에 씨를 심어 가꾸었다. 순도 쳐 주고 퇴비도 뿌리며 조심스럽게 어루만져 주었는데, 글쎄 이 녀석들이 한번 자라기 시작하더니 서로가 경쟁하듯 위로 위로 뻗어 올라가는 것이 아닌가! 그 놀라운 성장세에 혀를 내둘렀다. 맙소사! 누가 코스모스를 가녀린 꽃이라 했는가.

코스모스의 엄청난 생명력에 놀란 나는 그다음 해에는 텃밭 입구에만 몇 포기를 심었다. 그런데 원래 자랐던 곳 여기저기에 씨앗이 떨어졌는지, 스스로 발아하여 싹을 틔우고 무

성하게 자라 꽃을 또 피우는 것이 아닌가. 심지어 텃밭 진입로에 깔아 놓은 제초 매트의 고정 핀 사이에서도 자라는 걸 보고는 최강자 코스모스에게 고개 숙여 경의를 표했다.

자리 탓도 하지 않고, 경쟁자도 의식하지 않고, 부족한 영양분을 탓하지도 않고, 주어진 환경에서 최선을 다해 자라는 코스모스야말로 삶에 대한 의지와 책임 의식이 강한 존재인 것 같다. 진심을 다해 살아가는 코스모스는 고단함 가운데서도 삶의 끈을 놓지 않고 버티며 살아가는 보통 사람들의 모습과도 같다. 그래서 더 친근하고 마음이 간다. 코스모스는 그렇게 남바할 텃밭에서도 자유롭고 끈질기게 살아남을 것이다.

# 텃밭의 여름 :
# 장마와 두꺼비

텃밭 주변 우거진 수풀 속에 작은 물웅덩이가 있는 걸 몇 년 전 알게 되었다. 산골짜기에서부터 졸졸졸 내려오는 물줄기가 텃밭 근처에서 작은 웅덩이를 이루었는데, 수중 생물들이 여기에 보금자리를 트고 산다. 한번은 도롱뇽 알 타래를 발견했는데, 물이 얼마나 깨끗한지를 단박에 알 수 있었다. 이 작은 웅덩이에는 도롱뇽뿐 아니라 산개구리, 참개구리, 청개구리, 맹꽁이, 두꺼비 등이 살고 있고, 나도 여기서 가끔씩 물을 가져다 쓴다.

이처럼 물웅덩이는 누구 하나 독점하지 않고, 과하게 탐내는 존재도 없다. 그저 가끔씩 찾아와 목을 축이고 필요한 만큼 물을 얻어 갈 뿐, 내 것, 네 것 따지지 않고 사이좋게 나눠 먹는다. 나도 그들 틈에서 작은 존재로 물을 얻어 가며 감사의 마음을 갖는다. 그들과 나는 다 같은 자연의 일부라는 생각을 하면서.

　여름 장마철에는 작은 생명체들이 더 많이 늘어난다. 겁없이 열린 문으로 농막 안까지 구경을 왔던 장수잠자리, 종종 텃밭 언덕을 타고 오르던 장지뱀을 보았을 때는 귀한 녀석들이라 안전한 곳으로 놓아주기에 바빴다. 촉촉한 계절, 삼색조팝나무 아래서 눈을 껌뻑이며 날 바라보던 두꺼비는 좀처럼 잊혀지지가 않는다. 두꺼비를 좀 더 가까이서 보고 싶었던 나는 자세를 낮추고 살금살금 다가갔다. 말을 걸면 대답을 해줄 것 같은 눈빛을 한 두꺼비는 딱 한 발짝 남은 거리에서 뭉그적뭉그적 방향을 틀어 가 버렸다. 그 뒤로 두꺼비가 나타나면 먹이가 되는 벌레들을 그 앞에 놓아 주었다. 그런데 날름날름 받아먹던 두꺼비가 어느 날부터 자취를 감추었다. 자주 보던 녀석이 안 보이니까 자꾸만 생각나고 서운한 마음이 들었다. 두껍아, 어디서든 무탈히 살아가다오.

　장마가 지나고 나면 새로운 친구들이 텃밭 주변에 나타난다. 땅속 매미의 유충이 긴 잠에서 깨어나 스트로브잣나무 등걸에 자리를 잡고는 허물을 벗으며 땅 밖으로 나왔음을 알리는 노래를 부른다. 참나무에는 뿔사슴벌레가 나타나고, 헛개나무 잎에는 나뭇가지와 흡사한 대벌레가 보이고, 방풍 잎에는 내 손가락만큼이나 튼실한 사마귀가 붙어 산호랑나비 애벌레를 뚫어져라 쳐다보고 있다. 고구마 덩굴 속에서 기어 나온 연갈색 좀사마귀는 날 보더니 깜짝 놀라 허겁지겁 금계 국 수풀 속으로 숨어든다. 재미난 건 이들 모두가 주변 자연 의 모양과 색을 띠고 있다는 것이다. 천적의 눈을 피하는 보 호색이 되기도 하고, 눈속임을 통해 먹잇감을 사냥하는 데 유리한 입지를 점하기도 한다. 이 작은 텃밭에서도 다양한 생명들이 먹고살기 위해 곳곳에서 필사적으로 움직이고 있 다. 그것을 잠자코 지켜보는 나는 자연의 먹이사슬을 거스르 지 않으면서 겸허히 살아가는 법에 대해 생각하게 된다.

여름 더위에 몸이 처지거나 입맛이 없을 때는 천도복숭아 가 최고다. 천도복숭아 나무는 아래 텃밭의 어르신이 관리하 기 힘들어 정리하신다고 하여 내가 받아 온 것이다. 천도복숭 아 나무는 청명한 봄에 탐스러운 분홍 꽃을 피우는데, 그 모 습이 참 아름다워 매번 넋을 놓고 바라보게 된다. 분홍 꽃들 이 지고 난 자리에 열매가 맺히는데, 알맞게 익은 천도복숭아 를 따서 한 입 베어 물면 입안 가득 새콤달콤함이 퍼진다.

말이 나와서 말인데, 텃밭을 가꾸면서 생긴 버릇이 있다. 마트에 들러 채소와 과일 코너를 꼼꼼히 둘러보는 것이다.

　　　　매일 아침 나는 텃밭에 간다

어떤 제철 채소와 과일이 나왔나 보면서 텃밭에서는 언제쯤 수확을 하면 되겠구나 가늠하기도 하고, 내가 키운 작물의 상태와 비교해 보기도 한다. 마트에서는 늘 상품 가치가 있는 결과물만 놓여 있는데, 텃밭 농부는 과정을 함께하니 수확물을 보는 관점이 다르다고 할 수 있다. 결과를 중시하는 사회에서 과정의 소중함을 깨닫는 식이랄까. 물론 그 과정이 늘 행복하고 즐거운 것은 아니다. 실패와 좌절의 쓴맛을 볼 때도 많다. 그럼에도 불구하고 텃밭 농사를 포기하지 못하는 이유는 과정을 통해 쌓이는 식물들과의 정 때문이리라.

천도복숭아는 껍질에 털이 없는 것이 스님의 머리를 닮았다고 해서 '승도'라고도 불린다. 하늘에 피어 천상의 열매로 장수한다는 전설이 있다. 4월에는 꽃을 감상하고, 7월에는 새콤달콤한 열매를 먹으며 더위를 이겨 낸다. 천도복숭아도 따뜻한 지역에서 자라는 나무이므로 동해를 입지 않도록 잘 관리해야 한다.

# 텃밭의 가을 :
# 가을걷이

절대 물러서지 않겠다는 듯이 버티던 무더위가 순식간에 백기 들고 줄행랑을 치고, 그다음 손님인 가을이 텃밭을 찾아오면 농부의 손은 더 바빠진다. 나에게 가을걷이는 마무리가 아니라 새로운 시작을 위한 준비다. 이른 봄에 해도 되지만, 부지런을 떨어 미리 해 두면 한파가 지나 이른 봄이 찾아올 때 더 여유로운 마음으로 따뜻한 봄 햇살을 맞이할 수 있다. 고추의 남은 열매를 모두 따 내고, 들깨는 남은 잎을 따고 베어 말린다. 당근을 수확해 바오패밀리와 나눠 먹고, 가지 대를 제거하고, 서리태 콩을 베어 양지에 내어 둔다. 창포와 꽃창포의 사그라진 잎을 베어 내고, 층층이 잎을 따고 남은 상추 대를 뽑는다. 그러고는 텃밭을 향해 그간 수고 많았다는 인사를 한다. 텃밭 식물들과 그들을 둘러싼 자연에 대한 감사이다.

텃밭을 정리하고 잠시 숨을 고르며 둘러보니, 뒷산의 활



매일 아침 나는 텃밭에 간다

엽수가 고운 색 물감으로 채색을 시작하고 성미 급한 벚나무
와 대추나무는 그새 잎을 떨구고 있다. 화살나무도 줄기의
끝부터 붉은 옷을 입고, 남천의 열매는 점점 붉어지고, 은행
나무는 노란 잎을 떨구며 알맹이를 키운다. 여름내 가득 채
운 숲속 공간에 듬성듬성 다시 구멍이 생기기 시작한다. 나
무들이 잎을 떨구고 단풍이 들 때 배추와 양배추, 무, 쪽파,
대파는 선선한 기운에 축 늘어졌던 몸을 일으킨다.

가을 텃밭이 좀 황량해 보일지는 모르나 나름의 장점이
있다. 식물들을 괴롭히는 병충해가 적다는 것이다. 채소의
해충 피해가 많은 봄에 비해 가을은 벌레 피해도 적고 영양
상태만 잘 맞추어 주면 크게 신경 쓰지 않아도 작물들이 똘
똘하게 잘 자란다. 열을 맞추어 무와 배추가 자라는 모습은
텃밭에 갈 때마다 내 마음을 들뜨게 한다. 그러다 추위가 찾
아오는 11월이 되면, 된서리를 맞을까 봐 무와 배추, 돌산갓
은 비닐로 덮어 준다. 특히 무는 동해를 입기 쉬워 더욱 주의
가 필요하다. 채소가 동해를 입으면 녹아내리듯이 사그라들
어 먹을 수 없는 상태가 되기 때문이다.

가을 텃밭이 주는 운치를 십분 누리기 위해 지인들을 초

대해 바비큐 파티를 연다. 쌀쌀한 날씨에 벌레들이 숨어들 때쯤 모닥불을 피우고 캠핑 분위기를 낸다. 숯불에 고기를 올려놓고 불향을 입히며 알맞게 익었을 때 텃밭에서 수확한 작물들과 함께 먹는 즐거움이란! 돌산갓과 깻잎과 방풍, 매실장아찌와 두릅장아찌 등 다양한 쌈 채소와 장아찌 들이 고기의 맛을 배가시킨다. 한껏 먹고 나서 쪽파와 갓김치로 마무리하면 입안이 개운해진다. 이처럼 편하고 좋은 사람들과 함께 웃고 떠들며 건강한 음식을 먹는 것이 행복이지 싶다. 이래서 내가 텃밭을 한다.

# 텃밭의 겨울 :
# 견딤과 기다림



용인에 기록적인 폭설이 내린 다음 날, 나는 걱정스러운 마음에 텃밭으로 향했다. 우려는 현실이 되었다. 텃밭으로 가는 길목에 지름이 20cm는 족히 되는 소나무가 쓰러져 있었던 것이다. 차 안에 있는 전정 가위와 접이식 소형 삽으로는 어림도 없었다. 제설차가 와도 어쩔 수 없는 상황 앞에서 나는 차를 갓길에 주차하고 트렁크에서 장화를 꺼내 신었다. 누가 봐도 심각한 상황인데, 나는 장화를 신고 아무도 밟지 않은 눈길을 밟는 기분에 취해 버렸다. 아이처럼 신이 나서 나를 따라오는 발자국을 바라보기도 하고, 눈꽃으로 아름다운 산을 둘러보기도 하며 하하하 웃었다. 언젠가 눈은 녹을 테니, 지금 이 순간을 즐기자는 마음이었다.

걸어서 올라가 도착한 눈 쌓인 텃밭은 그야말로 예술이었다. 어떤 풍경화에서도 본 적 없는 설원이 펼쳐졌다. 마치 일본 영화 〈러브레터〉에서 보았던 홋카이도의 설경 같았달까?

잠시 감상에 젖어 있다가 번뜩 정신을 차리고 둘러보니 양파가 자라고 있는 비닐 터널은 주저앉았고, 설죽과 반송은 눈에 덮여 형태를 알아볼 수 없었다. 복숭아나무와 스트로브잣나무, 산수유는 가지가 힘없이 꺾여 있었다. 안쓰러운 마음에 서둘러 진입로를 뚫고 나무 위에 쌓인 눈들을 털어 내고, 농막 처마에 두텁게 덮인 눈도 치웠다. 눈에 파묻힌 텃밭의 모습이 서서히 드러나자 비로소 안도의 한숨을 내쉴 수 있었다. 나머지 눈은 해의 따스함으로 녹일 수밖에 없으니 마음을 비우고 눈밭에 찍힌 내 발자국을 따라 그대로 내려왔다.

사나흘 뒤에 다시 텃밭을 찾으니 다행히 눈이 녹아 있었다. 길목을 막고 있던 소나무도 동네 이장님이 친절하게 해결해 주셨다. 비닐 터널은 탄성 좋은 지주대 덕분에 다시 우뚝 섰고, 그 안의 양파와 돌산갓과 루꼴라는 별일 없어 보였다. 눈 속에 파묻혔던 양배추도 반가운 듯 인사를 했다. 그런데 모두가 멀쩡한 것은 아니었다. 겨울에 뿌리만 살려 월동하는 작물들은 처참하게 쓰러져 있었다. 대파, 쪽파, 달래, 고수, 삼채, 맥문동의 땅속뿌리는 괜찮기를 바랄 뿐이다. 쓰러지고 메말라 버린 잎줄기이지만, 봄이 되면 언제 그랬냐는 듯이 새 눈을 틔우고 녹색 잎을 하늘 위로 뻗을 것이다. 비바

　　　　　매일 아침 나는 텃밭에 간다

람과 눈보라 따위에 일희일비하지 않는 그들에게서 오히려 담대함과 여유를 배운다. 식물들은 겨울을 이겨 내는 것이 아니라 견뎌 내는 것이 아닐까란 생각을 해보았다. 식물뿐만 아니라, 자연 전체가 처한 상황에 불평불만 없이 그저 감내하는 모습들을 보게 된다. 유독 인간만이 자신의 삶에 토를 달고 불평을 내뱉는다. 우리는 인생의 시련을 견뎌 내는 방법을 자연에게서 배워야 한다.

텃밭의 배나무, 사과나무, 모과와 매실, 앵두와 보리수나무 등의 활엽 과수들은 아쉬움 없이 잎을 모조리 떨구어 수북이 쌓였다. 그것을 이불로 쓰고, 겨울이 지나면 거름이 되어 영양분으로 빨아들일 것이다. 부추와 삼채, 쪽파와 대파들은 잎을 말려 호흡과 양분을 땅속에 숨기며 덤덤하게 겨울을 보낸다. 방풍과 딸기는 두툼한 잎으로 차가운 겨울바람을 막아 낸다. 시금치와 고수와 맥문동은 기특하게도 푸른 잎을 간직한 채 한파를 견딘다. 제아무리 겨울 한파의 바람이라지만, 봄이 오기를 기다리는 식물들의 희망은 꺾지 못한다.

겨울 텃밭의 작물들이 몸을 움츠리고 봄을 기다리는 것처럼 텃밭지기인 나도 잠시 휴식을 취하며 재충전의 시간을 갖는다. 텃밭 생명체들이 죽은 것이 아니라 잠시 숨을 고르고 있다는 사실이 나에게 희망을 준다. 봄이 오면 다시 싹이 움 트고, 푸르게 자라 꽃 피우고, 열매를 맺을 것이기에. 뿌리에 생명을 남긴 채 잎을 떨군 식물도, 씨앗에 유전자를 남긴 채 뿌리째 사그라진 식물도, 색을 바꾸며 겨울옷을 입은 식물도 다들 나름의 방식으로 겨울이라는 고비를 넘기고 있다. 그들 은 몸 안에 기운을 차곡차곡 쌓아 두었다가 이른 봄 노지를 뚫고 나올 것이다. 그런 식물들의 삶이 고귀하게 다가온다.

   매일 아침 나는 텃밭에 간다

# 텃밭의 봄 :
# 연둣빛 생기

2025년 2월, 용인 털주먹 러바오가 몸이 좋지 않은지 밥도 잘 안 먹고 누워만 있었다. 모두가 초비상이 되어 야근을 불사하고 그와 함께 10여 일을 동고동락했다. 며칠 동안 러바오를 볼 수 없어 팬들도 걱정하며 부디 큰일 아니기를, 어서 회복하기를 기도하는 마음으로 기다렸다. 다행히 오래지 않아 러바오는 회복되었고 예전 기운을 되찾았다. 우리는 그제야 안도의 한숨을 쉬며 다시 일상으로 돌아올 수 있었다. 이럴 때는 내가 판다의 말을 할 수 있다면 원인을 알고 더 빨리 조치를 해줄 텐데, 하는 마음이 든다. 그들의 마음과 상태가 다 느껴지는 것 같으면서도 깊은 곳까지 닿지 못하는 느낌이 들면 그것만큼 절망스러울 때가 없다. 이것이 주키퍼의 숙명일지도 모르겠지만.

오랜만에 찾은 텃밭은 경칩과 우수를 보내고 본격적인 봄을 맞이하기 위해 기지개를 켜는 듯했다. 마치 두 팔 벌려 나를 한껏 안아 주는 것 같아 무거운 마음이 일순간에 가벼워졌다. 아직은 쌀쌀하지만 푸릇푸릇한 봄바람이 대지의 생명들을 깨우며 나의 마음까지 어루만져 주는 느낌이랄까. 경칩이 지나니까 확실히 햇살이 따뜻해졌다. 군데군데 연둣빛 식물들이 눈에 띄고, 꼬물거리는 움직임들이 느껴진다. 창포와 미나리가 자라날 작은 물웅덩이에는 아직 얼음이 남아 있지만 곧 녹을 것이고, 멀칭 비닐 속 고추와 배추 고랑은 습기를 머금었다. 긴장으로 움츠렸던 나의 마음이 사르르 풀리는 듯하다. 이렇듯 봄 손님을 맞이하는 기분은 산뜻하고, 포근하고, 달콤하고, 간지럽고, 향기롭다. 볕 드는 양지에 앉아 눈을 지그시 감고 햇볕을 끌어안는 시간은 정말 행복하다. 그렇다고 마냥 이렇게 앉아 봄볕만 즐길 수는 없다.

텃밭 농부의 봄은 밭고랑의 비닐을 벗기는 작업에서 시작된다. 멀칭 비닐은 농사짓는 데 편리한 방법이기는 하나, 거름을 주고 밭을 갈아 새로운 작물에 맞는 토질로 만들기 위해 해마다 바꿔 주어야 한다. 비닐에 흙을 털며 비닐 조각이 땅에 하나도 남지 않게 꼼꼼하게 정리하는 것이 매우 중요하다. 토양을 오염시키는 주범이 될 수 있기 때문이다.

늦가을에 심은 양파와 마늘을 들여다본다. 비닐 터널 속에서 봄을 기다린 양파는 튼실하게 줄기를 살찌우고 잎을 깨우고 있다. 추운 겨울에도 비닐 안에서 따뜻한 공기를 모아 조금씩 성장하고 있었던 것이다. 양파들 사이에서 같이 쑥쑥 자란 잡초들이 보인다. 안타깝지만 잡초는 보이는 대로 뽑아 주어야 한다. 마늘 역시 양쪽으로 갈라진 싹을 틔우며 반갑게 인사를 한다. 너희들도 봄이 온 걸 알고 있구나!

텃밭에 드리우기 시작한 연둣빛 생기는 수선화에도 원추리에도 찾아왔다. 꽃눈을 살찌우기 시작한 개나리는 조만간 울타리 밖 진입로를 환하게 밝혀 텃밭 방문객들에게 수줍은 미소로 인사를 건넬 것이다. 작고 뾰족한 잎눈을 틔운 작약과 목단도 치마폭 같은 탐스러운 꽃을 피우겠지. 생각만 해도 설렌다. 달래파도 뾰족뾰족 새순이 돋았다. 부추와 같은 맛이 나기도 하고, 쪽파와 같은 느낌도 있어서 봄에 달래파전, 달래장, 겉절이를 해서 먹으면 입맛 돋우는 데 딱이다. 부추밭에 퇴비를 넉넉히 뿌려 주고, 사이사이 자라난 잡초를 뽑아 준다. 겨울 동안 푸름을 간직한 채 버틴 고수에게도 퇴비를 준다.

이렇게 하나하나 둘러보니, 할 일이 끝이 없다. 겨울 폭설에 꺾인 잣나무 가지도 살펴야 하고, 성장이 더딘 어린 대왕참나무에도 웃거름을 주어야 하고, 산새들이 잠시 쉬어 갈 수 있게 둥지 바구니도 달아 두어야 한다. 텃밭 위 물웅덩이에는 마음 급한 산개구리들이 벌써 짝을 찾아 알을 낳기 시작한다. 개구리알에서 어느새 꼬리가 살랑거리는 올챙이로 자라나 뒷다리와 앞다리가 순차적으로 생기며 개구리가 될 때까지 나는 또 그들과 함께 성장하는 기분을 느끼게 될 것이다.

누가 봐 주지 않아도 자신의 삶을 꿋꿋이 살아가는 텃밭 생명들. 그들을 돌보는 건 인간이 아니라 해와 바람과 흙과 물이다. 자연의 생명체들은 모두 그 돌봄과 사랑을 받으며 자란다. 그렇다면 자연 속 일부인 나는 어떤가? 햇살과 땅의 기운과 바람의 돌봄에 감사하고 있는지, 주어진 삶에 성실히 임하고 있는지 돌아보게 된다. 그저 거름을 내고, 밭을 갈아 흙을 뒤섞으며, 식물들에게 농부의 발소리를 들려주는 것만으로도 나의 소임을 다하는 것이라면, 나는 매일 텃밭을 찾을 것이다. 혹여 나의 기대와 다른 상황이 펼쳐지더라도 언제나처럼 텃밭의 생장은 나를 미소 짓게 할 것이다.

# 도시 농업을 꿈꾸는 이들에게

50대 초반에 회사 복지 프로그램의 일환으로 퇴직 예정자 전환 교육에 참여한 적이 있었다. 한마디로 퇴직 후 자산 관리, 건강 관리, 여가 활동에 대한 내용이었다. 이때 퇴직을 앞둔 남자들 중 칠할 정도가 귀농이나 귀촌에 대한 로망을 가지고 있다는 통계 그래프를 보았던 게 기억난다. 정말 많은 사람들이 원하는 퇴직 후의 삶을 나는 벌써 누리고 있으니, 뿌듯함과 행복감이 동시에 밀려온다.

행복한 전원생활을 꿈꾸며 작은 텃밭 하나 일구고 싶다는 생각을 현실로 옮기는 것은 결코 쉬운 일이 아니다. 그중에 제일 어려운 과정이 계획하고 시작하는 마음 아닐까? 많은 사람들이 귀농과 귀촌 준비를 퇴직 후에 하는 것으로 생각한다. 지금 당장은 아니고, 가까운 미래에 하고 싶은 일 정도로만 마음에 품고 있다. 하지만 귀농 귀촌은 꿈이 아니라 현실이다. 개인에 따라 다르겠지만, 노동이 따르는 일이므로 우선 체력이 뒷받침되어야 한다. 하지만 그러한 체력을 미리 준비하는 사람은 드물다. 어떤 사람은 전원생활은 누리고 싶지만, 도시의 편의 시설도 놓치고 싶지 않아 위치와 공간에 대한 고민으로 많은 시간을 할애한다. 그러나 망설이는 사이 시간은 흐르고, 나이는 더 들고, 점점 기회의 폭이 줄어든다.

나는 진짜 하고 싶은 일이 생기면, 30% 정도만 준비하고, 일단 시작한다. 시작하고 나면 방법이 생기고, 방향이 트이며, 길잡이가 되는 선생님도 만난다. 모든 것이 처음부터 완벽할 수 없다. 미래에 대한 불안이 없을 수는 없겠지만, 벽에 부딪히거나 문제가 발생할 때 그걸 풀어 나가는 재미도 쏠쏠하다. 두렵고 용기가 없어서 이리저리 재다가 시간만 낭비하는 건 내 성격에 맞지 않는다.

내가 직접 해 보니, 텃밭 농부로서의 삶이 만만하지는 않지만, 도시 속에서 할 수 있는 현대인의 삶의 한 방식으로 추천할 만하다고 생각한다. 시간 날 때마다 달리기를 하다 보면 정말 손바닥만 한 땅에 여러 작물을 키우는 어르신들을 자주 만난다. 공유지의 일부나 천변 근처, 또는 도로의 둑방

등에 소일거리로 작물을 심어 가꾸는 것이다. 자신의 땅은 아니지만 폐가 되지 않는 선에서 어릴 적 향수를 느끼며 이 것저것 식물을 키우고 싶어 하는 어르신들을 보며 많은 생각이 들었다. 또한 에버 플랜토피아 카페에서도 텃밭이나 전원 생활을 꿈꾸는 분들이 많은 걸 보면서 도시 농업과 텃밭 가꾸기에 대한 갈급함이 매우 크다는 걸 느꼈다.

흔히 '농사'라고 하면 다들 손사래를 치며, 그거 아무나 하는 거 아니라고 말한다. 하지만 거창하게 생각할 필요 없이 놀이나 취미로 가볍게 시작한다고 생각하면 언제든 할 수 있는 일이다. 아주 작은 텃밭, 아니 화분 몇 개를 들여 키우는 것부터 시작하면 귀농 귀촌의 준비 과정이 될 수 있고, 내가 이 일을 정말 좋아하는지 판단해 볼 수 있는 기회가 된다.

놀고 있는 유휴지들을 활용하여 도심 속에서 자연과 벗하며 텃밭을 가꾸고 싶어 하는 사람들에게 기회를 주는 캠페인을 열면 어떨까? 도시 농업의 일환으로 흙을 통해 작물을 기르고 직접 재배한 재료로 만든 음식이 식탁에 올라오는 경이로운 체험을 할 수 있는 '행복 챙김' 캠페인, 농작물 한 평 재배하기 '3.3 운동'은 어떨까? 혼자 재미난 상상을 하며 텃밭

                    매일 아침 나는 텃밭에 간다

가꾸기가 사회적으로 확산되기를 꿈꾸어 본다.

텃밭을 가꾸며 많은 깨달음을 얻었다. 소작농으로서 육남매를 키우느라 내 몸 닳는 줄 모르고 평생 흙에서 살다 가신 부모님, 가난과 행복은 별개라며 없이 살아도 서로 도우며 성장한 끈끈한 형제자매, 자연으로부터 얻은 수많은 감동과 감사는 늘 겸손하도록 나를 이끌어 준다.

우리는 자연 속에서 서로 연결되어 있는 존재이다. 자신의 역할을 잘 수행해야 하고, 존재의 크고 작음을 떠나 서로 존중하고 감사하는 마음이 있어야 이 관계가 원활하게 돌아간다. 동물원의 바오패밀리도, 텃밭을 오가는 숲속 동물들이나 곤충들도 나의 손길이 백 퍼센트 만족스럽지는 않겠지만 감사하게도 서로 적응하며 잘 지내고 있다. 텃밭의 작물은 또 어떠한가. 내가 바라던 그 이상으로 잘 자라 아내의 손을 통해 맛깔스러운 음식으로 식탁에 올라오니 그 고마움은 이루 말할 수 없다.

옛말에 어떤 삶이든 일과 친구와 취미가 있어 이 삼박자가 맞아야 건강을 유지하고 즐거움을 잃지 않는 행복한 삶을 살 수 있다고 했다. 내게는 바로 남바할 텃밭이 소중한 일이며, 친구이고, 취미이니 이만한 행복이 또 어디 있을까 싶다. 집 가까이 작은 텃밭 하나 있어 누구의 허락도 없이 언제나 찾을 수 있는 남바할 텃밭은 나의 가장 큰 놀이터다. 그곳에 언제나 손 잡아 주고, 눈 마주치며, 나를 바라보는 친구들이 있으니 마음의 고향으로 손색이 없다. 앞으로도 체력이 모두 소진되는 날까지 흙과의 소통, 동식물과의 놀이를 즐기며 자연에 대한 충만한 감사로 살아갈 것이다. 그것이 내 삶의 방식이고, 생존의 원천이다.

끝으로 에버 플랜토피아 카페를 통해 늘 응원해 주시는 구독자 꾸미 분들과 카페 집사님, 깔끔하게 뒷바라지해 주시는 작가님께 무한 감사를 드린다. 그리고 언제나 남바할을 바라보고 함께해 주는 남바할 여사와 콩을 싫어하면서도 아빠가 직접 키운 거라며 하나씩 먹어 주는 딸들에게도 고마운 마음을 전한다.

모두모두 고맙습니다! 우리 다 같이 텃밭 행복을 키워 나가요!

    매일 아침 나는 텃밭에 간다

# 매일 아침 나는
# 텃밭에 간다

1판 1쇄 발행 2026년 3월 30일
1판 2쇄 발행 2026년 4월 10일

**지은이** 강철원
**펴낸이** 김기옥

**기획 편집** 박보영 이영인
**마케팅** 양혜림
**경영지원** 고광현
**제작** 김형식

**디자인** 효효스튜디오
**일러스트** 바랜
**사진** 강철원 류정훈 심형준
**인쇄 제본** 민언프린텍

**펴낸곳** 한스미디어(한즈미디어(주))
**주소** 04037 서울 마포구 양화로 11길 13(서교동, 강원빌딩 5층)
**전화** 02-707-0337  **팩스** 02-707-0198  **홈페이지** www.hansmedia.com
**출판신고번호** 제 313-2003-227호  **신고일자** 2003년 6월 25일

ISBN 979-11-24272-16-9  03810